KB123811

창귀무쌍 11

2024년 8월 13일 초판 1쇄 인쇄
2024년 8월 19일 초판 1쇄 발행

지은이 송장벌레
발행인 김관영

기획 박경무 강민구 임동관 조익현 최시준 신정윤
책임편집 김홍식
마케팅지원 유형일 박민정

발행처 (주)로크미디어
출판등록 2003년 3월 24일
주소 서울시 마포구 마포대로 45 일진빌딩 6층
Tel (02)3273-5135 **Fax** (02)3273-5134
홈페이지 rokmedia.com **E-mail** rokmedia@empas.com

ⓒ 송장벌레, 2023

값 9,000원

ISBN 979-11-408-2406-9 (11권)
ISBN 979-11-408-1784-9 04810 (세트)

송장벌레 신무협 장편소설 ⑪

차례

작법자폐(作法自斃) (2)

세상을 어지럽히는 것은 유자(儒者)와 협자(俠者)다.

-한비자-

"……."

명림성은 고개를 돌렸다.

옆에 쓰러진 호위무사는 움직이지 않고 있다.

아마도 사냥돌에 머리를 맞았을 때 즉사한 모양이다.

'미안하오…… 나 때문에…….'

명림성은 침통한 표정으로 두 눈을 질끈 감았다.

그는 믿음직한 호위무사였다.

하란산 너머에서 귀순한 오랑캐 출신으로, 군영에서 늘 중원인들의 눈치를 보며 지내던 인물.

명림성은 그의 심경에 뼈저리게 공감했다.

왜냐하면 그의 핏줄 역시도 중원의 기준에 따르면 오랑캐의 것이기 때문이다.

남만의 깊은 숲속에 숨어 살던 소수민족.

외세에 의해 부락이 불탄 뒤, 누이와 함께 도망치던 명림성은 천운이 닿아 인자한 관료와 만났고 그에 의해 목숨을 구원받을 수 있었다.

추후 능력과 자질을 인정받아 수양아들로 거두어지기까지 했으니 인생이 단숨에 역전된 셈이다.

……하지만 인생은 알 수 없는 법.

앞으로 탄탄대로일 것이라 생각했던 명림성의 삶은 또 한 번 커다란 위기를 마주하고 있었다.

'누이의 법치가 너무 가혹하다고 생각하고는 있었다. 언젠가 불만을 가진 세력들이 습격해 올 것도 예상했지. 하지만 그게 지금일 줄이야…… 내가 너무 안일했다.'

명림성은 듬직하던 호위무사의 죽음에 슬퍼했고, 앞으로 위험에 처할지 모를 누이를 걱정했다.

한편, 자신을 하오문도라 소개한 복면인들은 명림성을 향해 으르렁거린다.

"이봐, 애송아. 딱 봐도 얼굴에서 귀티가 줄줄 흐르는데. 너 어디 사니?"

"분명 부잣집 자제님이시겠지. 네 아비가 몸값으로 얼마나 낼 수 있겠냐?"

"좋게 좋게 가자. 우리는 이대로 네놈의 집까지 쳐들어가 부모들까지 죽여 버릴 수도 있어."

명림성은 그들의 말을 듣고 무언가 이상함을 느꼈다.

'……나를 모르나?'

명림성은 현령의 아들이다.

만약 이들이 이 사실을 알았다면 '몸값'이나 '집에 쳐들어간다' 따위의 말을 할 리가 없었다.

애초에 현령의 아들에게 위해를 가한다는 시점에서 역모 죄를 뒤집어쓸 수도 있는 일.

그런 짓을 단순히 돈을 노리고 할 것 같지는 않다.

'그러고 보니, 그 무시무시한 하오문이라고 하기에는 다들 너무 껄렁해.'

명림성이 알기로 하오문이라는 것은 토법고로 사루의 최정예들을 일컫는 말이다.

하지만 지금 이들은 전혀 그렇게 보이지 않는다.

저희들끼리 단합도 잘 안 되고 쓰고 있는 복면도 어딘가 조잡하기 그지없다.

잔혹하고 탐욕스럽기는 하지만 무공 수준도 그리 높아 보이지 않고 무엇보다 정보력 자체가 너무 형편없었다.

그럼에도 불구하고 이들은 꿋꿋하게 자신들을 하오문도라 소개하고 있었다.

"어이, 듣고 있어?"

"우리는 하오문이라고."

"충신장님을 모시고 있는 최정예들이라 이거야."

맨 앞에 있던 복면인이 명림성의 목에 칼끝을 가져다 댔다.

"딱 보니 어디 전장의 막내아들쯤 되겠군. 허여멀건해서 계집애같이 생긴 게 딱 그 모양이야."

"……."

"나는 너같이 이쁘장하게 생긴 사내놈들을 보면 구역질이 난단 말이야. 응?"

복면인은 칼끝을 명림성의 목에서 볼로 옮겼다.

옅은 혈선이 그어지며 붉은 구슬과도 같은 피 한 방울이 아래로 굴러 떨어졌다.

복면인의 두 눈에서 기이한 열기가 뿜어져 나온다.

"이 곱상한 얼굴을 어떻게 망쳐 줄까? 응? 코만 잘라 내도 아주 볼만해질 텐데. 안 그래? 아니면 귀를 잘라서 구워 먹을까? 어차피 살아만 있으면 몸값은 유지될 테니까 상관없잖아."

"……."

명림성은 두 눈을 질끈 감았다.

바로 그 순간.

"으아아아아!"

"끄아아아아아악!"

"히이이이이익! 뭐야!?"

뒤에서 별안간 요란한 비명 소리들이 터져 나왔다.

복면인이 깜짝 놀라 고개를 돌렸다.

그곳에는 머리 한쪽이 부서진 호위무사가 핏발 선 눈으로 칼을 휘두르고 있었다.

"도련님! 도망가십시오!"

그의 칼에서 일순간 검기가 뿜어져 나온다.

……픽! ……픽! ……찌억!

허리와 목, 가슴을 깊게 베인 복면인들이 바닥에 쓰러져 나뒹군다.

"도련님께는 손끝 하나 못 댄다, 이놈들!"

그는 피 끓는 기백으로 복면인들을 향해 칼을 휘둘렀다.

오랑캐인 자신에게 먼저 손을 내밀어 주었던 은혜.

그것을 갚기 전까지 그는 절대로 눈을 감을 수 없는 것이다.

하지만. 그것이 호위무사의 마지막이었다.

퍼퍼퍽!

산공독이 발라져 있는 화살 세 대가 호위무사의 팔과 다리, 등에 꽂혔다.

호위무사의 칼끝에서 피어오르던 검기가 마치 찬바람을 맞은 촛불처럼 사그라들다가 이내 픽 꺼져 버렸다.

그 뒤로 복면인들의 반격이 이어졌다.

…콰콰콰콰콰콱!

그는 배와 가슴팍에 칼을 맞고는 그대로 골목 벽에 기대어 쓰러졌다.

이제는 정말로 끝이었다.

"이 새끼, 완전히 목을 잘라 주마."

명림성을 협박하던 복면인이 칼을 꺼내어 호위무사에게 다가갔다.

기어이 목을 끊어 놓고 볼 셈인가 보다.

바로 그 순간.

"자, 잠깐!"

명림성이 버럭 소리쳤다.

"그만둬라! 내가 누군 줄 아느냐!"

"……?"

복면인들은 의아하다는 듯한 태도로 고개를 돌린다.

결국 명림성은 비장의 패를 꺼내 들었다.

"나는 명림성이다. 내 아버님이 이곳의 현령이라는 말이다!"

"……!"

순간 복면인들의 눈이 찢어질 듯 커졌다.

복면으로 가려지지 않은 부분의 살색이 파랗게 질려 가는 것이 보인다.

'현령의 아들에게 칼을 들이밀었다.'

한낱 돈 많은 집 아들내미와 현령의 아들은 차원이 다르다.

이것은 삼족멸족지화(三族滅族之禍)를 당해도 모자랄 역모죄인 것이다.

복면인들이 움찔하는 것을 본 명림성은 배수진을 쳤다.

"내 호위무사에게서 떨어져라. 그렇지 않으면 관을 능멸한 것으로 간주, 응당한 대가를 치르게 하리라."

❦

몇 시진이 흘렀다.

명림성은 공자(孔子)의 말이 옳다는 것을 몸소 체감하고 있었다.

'과연 소인배는 다루기가 어렵다.'

지금의 상황을 보면 그 말이 딱 맞았다.

명림성이 현령의 아들이라는 것을 안 복면인들은 바들바들 떨기 시작했다.

그러더니 대뜸 명림성을 납치해다가 시가지에서 멀리 떨어진 곳에 있는 한 외딴 초가집에 가두어 놓은 것이다.

복면인들은 꽁꽁 묶인 명림성을 앞에 두고 고성을 지르며 싸웠다.

"이런 씨발! 내가 이 새끼는 건드리지 말자고 했잖아!"

"현령의 아들일 줄 알았겠냐고, 아이 씨. 똥 밟았구만."

"어이, 기억 안 나? 너도 이놈이 부유해 보인다면서 동조했었잖아."

그들은 책임을 회피하기 위해 서로에게 잘못을 미루었다.

명림성은 혹시나 일이 잘 해결될 수도 있지 않을까 했지만, 그것은 곱게 자라 온 학자 특유의 오판이었다.

"일이 꼬였다. 그럴 바엔 처음부터 없었던 일로 하자고."

"그, 그래. 이, 이렇게 된 바에는…… 차라리 소리 없이 죽여 버리는 게?"

"그 편이 낫겠어. 괜히 몸값 받으려다가 처자식들이랑 부모님들까지 사형당하면 어떡해."

명림성은 뒷골목 하류 인생들의 사고방식을 전혀 모르고 있었던 것이다.

이왕 죽이는 쪽으로 결론이 난 바, 복면인들의 대화는 조금씩 조금씩 더 대담해지기 시작했다.

"근데 이렇게까지 위험을 감수하면서 그냥 죽이는 건 조금 아까운데."

"차라리 진짜 토법고로 놈들에게 파는 건 어때?"

"그것도 괜찮겠군. 요즘 토법고로 놈들이 미쳐 가지고, 아예 황실에 싸움을 걸고 있다며?"

"맞아. 황실에서 대규모의 토벌군을 구성하고 있다는 소문도 있어."

"토법고로 놈들. 많이 쫄리겠군. 그런 상황에 현령의 아들내미라도 인질로 잡으면 좀 낫겠지."

"아니면 뭐, 얼굴 가죽을 벗겨다가 하란산 너머에 있는 군영에 갖다 팔아도 좋아. 거기는 늘 신병이 부족하거든."

"나쁘지 않네. 거기서 말단 병사로 구르다 죽겠지 뭐."

"말단 병사 놈이 제아무리 현령의 아들이네 뭐네 지껄여도 아무도 안 들어줄 거다."

"그래도 혹시 모르니까 혀는 잘라서 보내자구."

복면인들은 긴장이 풀렸는지 어느덧 낄낄 웃는 태도를 취한다.

이에 따라 명림성의 안색도 점점 어두워져 가고 있었다.

그때.

…쾅!

사립문 밖에서 무언가가 부서지는 듯한 소리가 들려왔다.

"……?"

"……?"

"……?"

복면인들이 일제히 고개를 돌린다.

명림성 역시도 식은땀투성이가 된 얼굴을 들었다.

그러자 이내.

…콰쾅!

별안간 방문이 박살 나며, 검은 피풍의를 입은 습격자 하나가 방 안으로 들어왔다.

복면인들은 순간 일제히 눈을 부릅떴다.

"뭐, 뭐야?"

"언제 풀려났어!?"

"부, 분명 아까까지만 해도 방구석에……."

그들은 습격자의 얼굴을 보자마자 화들짝 놀라며 뒤를 돌아 명림성의 얼굴을 쳐다본다.

그리고 이내.

"……?"

"여기도 있는데?"

"뭐야, 왜 똑같이 생겼어?"

복면인들은 지금 이 상황을 이해하지 못해 잠시간 멍해졌다.

그리고 그 찰나의 빈틈이 이들의 생사를 갈라놓는 요인이 되었다.

…푹!

시뻘건 송곳 두 정이 날아들어 복면인 둘의 미간과 목을 각각 꿰뚫었다.

키리릭-

송곳 손잡이 끝에 묶인 잠사가 핏방울을 털어 내며 휘날린다.

습격자는 두 손을 뒤로 빼 잠사를 끌어당겼고 곧바로 송곳들을 회수했다.

"이 새끼, 살수다!"

"죽여 버려!"

"어딜 혼자서!"

두 명이 죽었으나 복면인들의 머릿수는 아직 일곱이나 남았다.

그들은 좁은 방 안에서 일제히 칼을 빼 들었고 습격자를 포위하여 난도질했다.

그러나.

"……."

습격자는 몸을 낮추어 복면인들의 가랑이 사이로 빠져나왔고, 그 와중에 양옆에 있는 두 개의 발목 뒤 힘줄을 송곳 끝으로 절단해 버렸다.

"끄아아악!"

발목 뒤를 잘린 복면인이 넘어지며 주변에 피를 흩뿌렸고, 그것이 눈에 들어간 복면인들 두 명이 손으로 얼굴을 급히 닦아낸다.

그동안 습격자는 손으로 얼굴을 가린 복면인들의 손등에 송곳 끝을 박아 넣고 그 너머에 있던 눈알까지 꿰어 버렸다.

"끄으으으윽!"

"아아아아아악!"

소름 끼치는 비명 소리가 울려 퍼진다.

아홉 명의 복면인들 중 두 명이 손도 써 보지 못하고 즉사했다.

그리고 한 명이 앉은뱅이가 됐으며 두 명이 한쪽 눈을 잃었다.

이 모든 것이 눈 몇 번 깜빡이는 동안 벌어진 일이었다.

습격자는 시뻘건 송곳 두 자루 끝에서 뚝뚝 떨어지는 핏물을 털어 냈다.

그러고는 송곳들을 품속으로 집어넣고는 또다시 무언가를 꺼냈다.

송곳과 마찬가지로 시뻘건 색의 망치 한 자루.

"자, 다음."

망치로 자신의 손바닥을 탁탁 내리치며 말하는 그 태연한 목소리에 복면인들은 덜덜 떨며 뒤로 물러났다.

'뭐, 뭐야 이 미친 새끼는.'

'살수는 몇 놈 만나 봤지만 이렇게까지 섬뜩한 놈은 처음 본다.'

'대형께서 저런 냄새를 풍기는 놈들이랑은 절대로 얽히면

안 됐댔는데…….'

한편, 습격자는 그런 복면인들을 한 번 쭉 둘러보았다.

죽일 놈들이 몇 놈 더 남기는 했지만 그쯤이야 여반장(如反掌).

……진짜 문제는 방구석에 꽁꽁 묶여 있는 명림성이었다.

습격자와 명림성.

명림성과 습격자.

그들은 서로 무척이나 닮은 얼굴을 가지고 있었다.

명림성 역시도 습격자를 보며 같은 생각을 하고 있는지 줄곧 멍한 표정이다.

이윽고, 명림성은 떨리는 목소리로 입을 열었다.

"……형님?"

추이는 관에 줄을 대기 위해서 한동안 명림성을 감시해 왔다.

명림성이 관청에서 나와 잠행을 나서기까지 쭉 따라다니면서 그를 파악해 본 결과, 추이는 다소 의외의 사실 하나를 깨달았다.

'내 동생이었군.'

뜬금없는 결론이지만 아무튼 그렇다.

현실은 가끔 우연적이며, 어떠한 복선도 주지 않고, 가끔은 최소한의 개연성마저 없이, 성의 없게 툭툭 진행되는 법이다.

추이는 오래전의 기억을 회상해 보았다.

'여지, 좋아하세요?'

'……어렸을 적에 자주 먹었다.'

언젠가 사마여리와 나누었던 대화.

그때도 추이는 사실 동생들을 떠올렸었다.

두 번의 삶을 건너오느라 희미해지고 빛바랜 기억.

살았는지 죽었는지도 모르고 살았던 동생들.

추이는 종종 영아를 볼 때에도 동생들을 떠올리곤 했다.

남동생 한 명, 여동생 한 명, 둘은 참 귀여운 쌍둥이였다.

매일같이 숲속을 뛰어놀며 여지(荔枝)를 따 먹으러 다니던 기억이 얼룩처럼 흐릿하게 남아 있었다.

만약 살아 있다면 열서너 살, 딱 지금 영아의 나이 정도 될 것이라 생각했는데.

'……'

추이는 그림자 속에 몸을 묻은 채 명림성의 얼굴을 살폈다.

잠행을 막 시작한 명림성의 얼굴을 보자 확신은 더욱 강해졌다.

창귀들 역시도 명림성에게서 추이와 같은 냄새가 난다며

연신 코를 벌름거린다.

'지금의 이름은 명림성이라고 하는구나. 좋은 양부를 만나서 다행이군.'

추이는 한동안 명림성의 뒤를 밟았다.

그때.

'……!'

추이는 명림성을 습격하려 하는 의문의 세력을 감지했다.

복면을 쓴괴인들.

그들은 별안간 명림성을 습격했고 이내 칼을 들이밀었다.

맨 처음, 추이는 곧바로 뛰쳐나가 그들을 처리하려 했었다.

"토법고로(土法高爐)를 들어 본 적은 있겠지?"

그들 중 하나가 이런 말을 하기 전까지는 말이다.

"우리는 하오문(下汚門)이다."

추이는 이 말을 듣고 사태를 조금 더 관망하기로 했다.

잔반이 본격적으로 황실과 척을 지려 한다면, 그 파란에 공개적으로 얽혀서 좋을 것이 없기 때문이다.

이윽고, 복면인들은 명림성을 어디론가로 잡아갔다.

추이는 그 뒤에 골목으로 나갔다.

"끄윽- 끄으으으으……."

미처 죽지 못한 복면인 셋이 허리와 목, 가슴을 깊게 베인 채로 신음한다.

추이는 송곳을 꺼내 죽어 가는 이들을 조금 더 빠르게, 편히 보내 주었다.

ㅊㅊㅊㅊㅊㅊㅊ……

복면인들의 창귀가 추이의 심상뇌옥으로 기어들어 온다.

그것들은 이미 뇌옥 저변에 자리 잡고 있는 다른 창귀들의 기에 짓눌려 혈뇨를 질질 지려 댔다.

추이는 복면인들의 창귀로부터 필요한 정보들을 추출했다.

드문드문 구멍이 뚫려 있는 제한적인 정보들이지만 창귀가 셋이나 되니 얼추 완성도 있는 기억의 흐름이 완성된다.

"……"

추이는 고개를 돌렸다.

그곳에는 죽어 가고 있는 호위무사가 있었다.

"……죽여 다오."

그는 산공독에 당한 채 수많은 칼날에 난자되었다.

가만히 둬도 어차피 틀린 목숨.

차라리 고통이라도 덜 받도록 일찌감치 보내 주는 편이 나을 것이다.

"한 많은…… 오랑캐 인생…… 이었……."

그는 추이의 송곳에 의해 눈을 감았다.

추이는 호위무사의 넋을 불러내어 창귀로 만들었다.

그러고는 명림성에 관한 기억들을 전부 읽어낸 뒤 심상뇌옥에서 쫓아내 버렸다.

파스스스스스······.

천천히 성불(成佛)하는 호위무사의 창귀를 등지고, 추이는
어두운 골목길을 따라 걷기 시작했다.

명림성이 납치된 방향이었다.

그리고 지금.

추이는 눈앞에 있는 복면인들을 바라보고 있었다.

'토법고로 출신은 아니군. 하오문도는 더더욱 아니다.'

하오문에 속한 놈들은 무공 수위를 떠나 하나같이들 다 엄
청난 독종이다.

고작 피 좀 봤다고 저렇게 얼어붙는 얼간이들이 아니라는
뜻.

'그냥 지역 왈패들이었나 보군.'

앞서 죽인 창귀 세 마리의 기억을 더듬어도 딱히 토법고로
나 하오문, 잔반에 대한 내용은 나오지 않았다.

결과는.

'헛물을 켰다.'

추이는 혀를 가볍게 한 번 찼다.

이윽고, 추이와 명림성의 시선이 한곳에서 마주쳤다.

"……형님?"

명림성은 추이를 한 번에 알아본 모양.

하기야, 명림성의 입장에서는 추이와 헤어진 지 그리 오랜 시간이 지나지 않았으니 무리도 아니었다.

"혀, 형님! 사, 사, 살아 계셨군요!"

"조용히 해라."

"……."

추이는 냉정한 말로 명림성을 진정시켰다.

오랜만에 본 동생이라 감흥이 그다지 크지 않으면서도 또 나름의 감회가 새롭다.

두 번의 삶을 건너고 나서야 만났으니 더더욱 심경이 복잡 미묘했다.

하지만.

추이에게는 다른 목적이 있었다.

그것은 단순한 형제 상봉이 아니다.

'현령을 같은 편으로 만들어야 한다. 그래야 정도회맹이 열리는 지역의 성벽들을 통제하고 감시할 수 있어.'

현재 세외에서 이곳 중원으로 흘러들고 있는 '수상한 움직임'들.

그것들을 실시간으로 파악하고 감시하기 위해서는 관의 협력이 필수적일 수밖에 없는 것이다.

지금껏 추이는 정보망을 적향의 것에만 의존해 왔으나, 이제부터는 정보망을 더 확대해야 한다.

적향은 사도(私道) 내부의 정보들을 파악하는 것에는 능했으나 정도나 마도의 근황들은 다소 파악하는 것이 느렸고, 또 강줄기에서 멀리 떨어진 곳에 있는 내륙으로는 손발이 잘 안 닿는다는 단점이 있었기 때문이다.

'원래대로라면 이번 정도회맹에서는 마교의 준동이 시작되고 무림맹주가 암살당하나…….'

이번 남궁천과의 대담으로 알았다.

미래가 조금씩 바뀔 것이라는 사실을 말이다.

그러니 그 바뀐 미래의 판도를 쥐고 흔들기 위해서는 이렇게 '민관협력(民官協力)'의 첫 발자국을 떼는 것이 중요한 것이다.

그것은 바로 동생인 명림성을 구출하는 깃에서부터 시작되리라.

추이는 고저 없는 목소리로 말했다.

"거기 가만히 있어."

망치를 든 손에 힘이 실린다.

이 무지렁이들을 상대로는 내공도 필요 없었다.

"으아아아아아아!"

복면인 하나가 칼을 휘둘렀다.

아홉 중 둘이 즉사했고 하나가 앉은뱅이, 둘이 애꾸눈이 되었다.

그런 적을 상대로 겁을 먹지 않는다는 것은 말이 되지 않는 일.

하지만 사람이 겁을 먹으면 팔다리가 뻣뻣해지고 행동거지에 빈틈이 많이 생겨난다.

떠−걱!

추이는 손쉽게 상대방의 턱을 부수고 머리통을 뒤로 제껴 버렸다.

아래에서 위로 휘둘러진 망치는 곧바로 뒤를 향해 돌아서 떨어져 내린다.

…빠각!

뒤에서 칼부림을 하려던 복면인의 머리 한쪽이 움푹 들어간다.

그는 그대로 바닥에 엎어져서 돌팔매에 맞은 개구리마냥 온몸을 덜덜 떨기 시작했다.

죽은 자와 반쯤 죽은 자.

그들을 제외하고 나면 남은 수는 둘이다.

"으으으으으…… 너 뭐야?"

"어디서 왔냐! 서중문파냐!? 아니면 봉창파? 남식이파? 누가 보냈어!"

복면인 둘이 울부짖듯 외친다.

그 옆으로 애꾸눈이 된 다른 복면인들도 슬금슬금 다가왔다.

네 명의 복면인이 칼을 들어 추이를 겨눈다.

하지만 추이는 그저 묵묵히, 사냥감을 향해 걸어갈 뿐이다.

저벅–

추이가 앞으로 한 걸음을 내디딜 때마다.

우르르–

네 명이 혼비백산하여 방구석을 향해 뒷걸음질 친다.

이윽고, 가장 안쪽에 있던 복면인이 이를 악물었다.

"빌어먹을 악귀 새끼! 오지 마! 오면 이놈부터 죽인다!"

그는 재빨리 달려가 명림성의 머리채를 부여잡았다.

스릉–

칼날이 명림성의 목젖을 도려낼 듯 가까워진다.

하지만.

저벅– 저벅– 저벅–

추이는 발길을 전혀 멈추지 않았다.

그러고는.

…터억!

순식간에 손을 뻗어서 명림성의 목 앞에 있던 칼날을 붙잡았다.

"어어? 이, 이 새끼?"

복면인은 자신의 칼날을 맨손으로 붙잡는 추이의 행동에 크게 놀란다.

하지만 그것도 잠시, 이내 그의 입가에 비틀린 미소가 걸렸다.

"미친놈, 칼을 맨손으로 잡아!? 손가락을 죄다 잘라 주마!"

삼류무인은 되는 자였던가.

그는 약간의 내공을 쥐어짜 검날에 불어넣었다.

…후욱!

칼날이 일순간 거세게 진동했고 이내 뜨거운 열을 뿜어낸다.

비슷한 급의 칼날쯤은 단숨에 두 동강 낼 수 있을 정도로 절삭력이 향상된 것이다.

하지만.

꾸우우욱!

칼날을 꽉 쥐고 있는 추이의 손아귀에서는 아무런 일도 벌어지지 않았다.

아니, 오히려.

와드득! 깡창!

추이는 손아귀에 힘을 주었고 그대로 칼날을 부러트려 버렸다.

"……."

복면인은 할 말을 잃었다는 듯 멍한 표정을 짓는다.

그리고 그런 그에게.

뼈-걱!

추이의 주먹이 내리꽂혔다.

'단매에 때려죽인다'는 말이 이보다 적절할 수는 없었다.

내공을 쓰지 않았음에도 불구하고, 추이의 주먹은 복면인의 머리통 전체를 흔적도 없이 소멸시켜 버렸다.

촤-악!

고체에서 액체로 변한 머리통이 벽과 천장에 흩뿌려진다.

'……토법고로에서 시간을 오래 보내서 그런가, 내공 없이 싸우는 것에 다시 익숙해졌군.'

전장에서 구르던 말단 병사 시절에는 내공은 언감생심, 꿈도 꾸지 못했었다.

그러다가 점차 무림 고수가 되어 가며 내공을 쓰지 않는 싸움을 서서히 잊어 가고 있었는데, 이번에 투법고로를 거쳐오면서 옛날의 야성이 모두 되살아난 듯한 느낌이었다.

…후욱!

추이는 부족 특유의 호흡법으로 숨을 몇 번 들이쉬고, 내쉬었다.

들숨과 날숨이 반복될 때마다 몸이 점차 단단하고 질기게 변하는 것이 느껴진다.

"너희들도 이리 와라."

추이는 명림성을 등진 채 남아 있는 복면인 셋을 향해서 손을 뻗었다.

"으아아아아악!"

복면인들은 도망치려 했으나 이미 방의 구석으로 몰린 뒤였다.

추이는 복면인들의 뺨을 후려갈기고 가슴팍을 걷어차 모두 거꾸러트려 버렸다.

"……."

명림성. 그는 꽁꽁 묶인 채로 멍하니 앉아 있었다.

고향에서 생이별했던 형이 별안간 어마어마한 무림고수가 되어서 눈앞에 떡하니 나타났으니 당연한 반응이었다.

하지만 추이는 대수롭지 않다는 듯 손을 뻗었고, 명림성의 몸을 묶고 있던 밧줄들을 모두 잡아 끊어 버렸다.

"고생했다. 자백(玆白)아."

"……!"

명림성 이전의 이름 자백.

고향의 이름으로 불리게 된 명림성의 두 눈시울이 서서히 붉어진다.

"형님. 이렇게 형님을 살아서 다시 볼 수 있게 되다니. 저는…… 저는 그저……."

그는 추이의 손을 자신의 두 손으로 꼭 붙잡은 채 결국 눈물 한 방울을 떨어트렸다.

바로 그 순간.

"뭐야. 이게 무슨 소란이냐?"

활짝 열린 방문 너머에서 으르렁거리는 듯한 목소리가 들려왔다.

"……!"

방 밖의 마당을 본 명림성의 안색이 하얗게 질렸다.

그곳에는 언뜻 보기에도 서른 명은 넘어 보이는 숫자의 복면인들이 서 있었기 때문이다.

심지어 아까와는 달리, 모두가 날카로운 기세를 뿜어내고 있는 무림인들이었다.

'고수들이다.'

무공을 익히지 않은 명림성조차도 그 정도는 한눈에 알 수 있었다.

큰 체구의 복면인 하나가 수십 명의 복면인들의 앞으로 나섰다.

"네놈이냐. 현령의 양아들이."

"……."

명림성이 입을 꾹 다문 채 대답을 하지 않자 그의 입가에 징그러운 미소가 걸린다.

"아무짝에도 쓸모없는 파락호 놈들이 웬일로 한 건 했군. '잔반' 님께서 좋아하시겠어."

순간, '잔반'이라는 말을 들은 추이의 미간이 미미하게 찡그려졌다.

"계속 악연으로 얽히는군."

"……뭐? 너는 뭐냐?"

복면인이 그제야 추이를 돌아보며 묻는다.

그리고 그런 복면인을 향해.

…철커덕!

추이는 매화귀창을 꺼내 들며 말했다.

"하오문도다."

꽃

복면인들을 이끌고 있는 '천왕동(陳枉棟)'.

그는 한때 사도 무림에서 '반명삼랑(拚命三郎)'이라 불리며 두려움의 대상으로 통했던 낭인 검객이었다.

"……하오문도라고. 네가?"

천왕동은 추이의 말을 듣고는 피식 웃었다.

왜냐하면 그 역시도 하오문도였기 때문이다.

천왕동은 사파 낭인으로서 혈혈단신 온 중원을 주유하며 업보를 쌓다가, 어느 날 한 대문파의 속가제자를 잘못 건드리는 바람에 천라지망의 대상이 되었다.

하란산 너머까지 달아났던 그는 결국 북원의 초입, 끝없는 초원지대에서 사도련의 추격자들에게 붙잡혔고 이내 단전이 깨진 채로 지하 뇌옥에 갇히게 된다.

하지만 천왕동은 포기하지 않고 굴을 팠다.

창귀
무쌍

그는 천신만고에 천신만고를 몇 번이고 더한 끝에 탈옥에 성공했고, 그 뒤로도 온갖 아수라장을 겪어 가며 세상 밖으로 나왔다.

이후 그는 갈 곳이 없어 이곳저곳을 전전하던 끝에 군에 입대했다.

하지만 전장으로 파견 나와 있었던 동창과 정도의 무림고수들은 내공을 쌓을 수 없는 병사들을 극도로 홀대했고, 천왕동은 이 때문에 군문에서 탈영하게 된다.

이후 이곳저곳을 하오(下汚)처럼 흘러가던 와중에, 천왕동은 토법고로를 발견하게 되었다.

내공을 쓰지 못하는 그에게 토법고로라는 곳은 딱 알맞은 싸움터였다.

깅악악장(瓰羽羽瓰), 야유강식(弱肉弱食)

충신장의 사상에 깊이 감명받은 천왕동은 물불을 가리지 않고 사루의 가장 깊은 곳까지 흘러내렸다.

그리고 그곳에서, 천왕동은 내공을 되찾았다.

충신장이 내려 준 사가단(沙家丹)은 천왕동의 박살 난 단전을 원래대로 수복해 놓았고 흩어졌던 내공들 역시도 대부분 영약을 통해 끌어모을 수 있게 된 것이다.

이리하여 천왕동은 예전 반명삼랑이라 불리던 시절의 무위를 모두 되찾은 것은 물론, 그동안 수없이 많은 사선(死線)을 넘어오며 단련된 노력치까지 더해져 단숨에 절정고수의 반열에 오르게 되었다.

이후 천왕동은 충신장의 충직한 심복이 되었고 그를 위해서라면 무엇이든 할 수 있는 광신도로 변했다.

가령, 현령의 아들일지라도 거침없이 납치해서 진상할 정도로 말이다.

"크크크크—"

천왕동은 입꼬리를 말아 올린 채 웃었다.

그러고는 나지막한 목소리로 말을 이었다.

"어디서 주워들은 것은 있나 보군. 너희들이 정말 하오문도라면 내 얼굴을 알 터인데?"

"모른다."

천왕동의 말을 들은 추이는 고개를 가로저었다.

그러자 천왕동의 옆에 있던 복면인들이 비웃음을 흘렸다.

"하하하하하— 반명삼랑 님을 모른다고?"

"하오문을 사칭하려거든 최소한의 공부는 해야지."

"사루의 투패 서열 십일위(十一位)의 천왕동님을 모른다는 것이 말이 되냐?"

사루의 투패들은 모두 마흔일곱 명.

그들 중 서열 열한 번째라면 분명 상당한 실력자임에 틀림없었다.

천왕동은 손을 들어 부하들의 반응을 일축시켰다.

"됐다. 저런 아해들하고 설전을 벌일 필요 있겠나."

동시에, 천왕동은 추이의 아래위를 훑어보았다.

방 안의 어둠 때문에 상대의 얼굴은 잘 보이지 않았으나, 체격이나 기세가 평범한 것이 딱히 무공을 익힌 놈 같지는 않다.

만약 익혔다고 해도 삼류 이하이리라.

"여기에 있을 터이니 적당히 고분고분하게 만들어서 끄집어내라."

천왕동은 발걸음을 돌려 초가집 마당 정중앙에 섰다.

그리고 몇몇 부하들이 흙발로 마루 위에 올라가 방 안으로 들어간다.

끼이이익— 탁!

방문이 닫혔다.

그리고 이내, 방 안에서 무시무시한 소리가 들려오기 시작했다.

퍽! 퍼억! 뻑! 짜각! 우드드드득!

천왕동은 그 소리를 들으며 피식 웃었다.

"이번 신입들은 참 열심히 하는군. 이봐. 우리는 식사나 하지."

"예!"

몇몇 부하들이 부리나케 움직인다.

이윽고, 마당 중앙에 항아리 몇 개가 놓여 의자 역할을 하게 되었다.

천왕동이 앉은 항아리의 앞으로 솥과 장작들이 날라져 왔다.

치이이이이익……

무쇠솥에 고기들이 올라가 구워지기 시작했다.

부하들은 챙겨 온 화주를 꺼내 천왕동에게 올렸다.

천왕동은 초가집 마당에 앉아 고기와 술을 먹었다.

그러는 동안에도 방 안에서는 계속해서 둔탁한 소리가 울려 퍼지고 있었다.

퍽! 우드득! 빠각! 끄아아아아아아아악!

살가죽 찢어지는 소리, 살점이 터지는 소리, 뼈다귀가 분질러지는 소리 들이 요란하다.

천왕동은 독한 화주를 한 잔 털어 넘기고는 혀를 쯧 찼다.

"얘들아. 인질 될 놈이니 살살해라. 앞으로도 계속 현령을 조종하려면 목숨은 붙여 놔야 한다."

바로 그 순간.

끼이이이이이이익……

대답이라도 하는 듯, 방문이 열렸다.

술잔을 입으로 가져가려던 천왕동의 손이 문득 허공에 멈췄다.

"……!"

추이.

전신이 피로 흠뻑 젖은 창귀(槍鬼)가 마루 위로 걸어 나오고 있었다.

"헉!?"

"이런 미친!"

"뭐야! 대체 어떻게!?"

복면인들 몇몇이 칼을 빼 들었다.

바로 그 순간, 추이의 창이 허공으로 뻗어 나갔다.

사슬 끝에 붙은 창날이 횡으로, 채찍처럼 휘둘러졌다.

…퍼퍼퍼퍼퍼퍽!

날카로운 쇠붙이 끝이 사람의 목젖을 한 치가량 절단해 놓고는 빠른 속도로 멀어져 간다.

"?"

"??"

"???"

복면인들은 자신들의 목을 더듬으며 당황했다.

그리고 이내.

…쿵! …쿵! …쿵! …털썩!

목 아래로 엄청난 양의 피를 쏟아 내며 그대로 절명해 버렸다.

"……! ……! ……!"

천왕동의 안색이 대변했다.

그 역시도 절정고수다.

그렇기에 이 한 수로도 충분히 알 수 있었다.

상대방은 절정을 넘어 초절정에 이른 괴물이며, 그에게서 아무런 기운을 느낄 수 없었던 것은 반박귀진의 경지를 알아보지 못했기 때문이고, 무엇보다도…….

"……삼칭황천?"

그가 자신을 하오문도라고 소개했던 것이 진실이라는 것이다.

순간.

핏-

마루 위에 올라가 있던 추이의 몸이 촛불처럼 꺼져 버렸다.

"!?"

천왕동은 어느 순간부터 자신의 뒤에 서 있는 시뻘건 신형을 감지했다.

오싹-

추이가 천왕동의 뒤에서 그를 가만히 내려다보고 있었다.

"천왕동."

이름을 어떻게 알았을까?

"천왕동."

천왕동은 자신을 호명하는 삼칭황천의 목소리에 몸을 가늘게 떨었다.

"이, 이이익!"

천왕동은 항아리에서 일어나 칼을 휘두르려 했다.

하지만, 그보다 추이의 손이 빨랐다.

…콱!

추이는 천왕동의 뒤통수를 붙잡았다.

그리고 앞에 있는 솥을 향해 그대로 처박았다.

쾅! 와시시시시시시시시!

솥 중앙에 고여 있던 고기 기름에 얼굴을 묻은 천왕동이 비명을 질러 댄다.

"끄아아아아아아아아악!"

고기 타는 냄새.

기름에 튀겨진 천왕동의 얼굴이 시뻘겋다 못해 갈색으로 변해 버렸다.

"끄으으…… 끄으으으으……."

천왕동은 바닥을 구르며 신음했다.

추이는 무표정한 얼굴로 술병을 들어 올렸다.

주르르르륵– 치이이이이이이익!

독한 화주가 천왕동의 머리를 흠뻑 적셔 놓는다.

"잔반 남기지 마라."

"……."

천왕동은 덜덜 떨기 시작했다.

상대는 삼칭황천 추이.

단신으로 토법고로의 사루, 하오문 전체를 궤멸시켰던 흉수(凶手) 중의 흉수다.

사루 서열의 십일위에 불과했던 그가 감당할 수 있는 상대가 아닌 것이다.

애초에 충신장조차도 결국 이겨 내지 못했던 적이 바로 삼칭황천 아닌가.

얼굴에 입은 화상의 고통보다도 밀려오는 공포심이 더 크다.

천왕동은 감히 저항할 생각조차도 하지 못한 채, 범에게 목을 물린 사슴처럼 그렇게 늘어져 있을 뿐이었다.

그런 상황 속에서, 추이가 물었다.

"잔반은 어디 있지?"

"……."

천왕동은 입을 열기로 했다.

일단 여기서 목숨을 부지해야 나중에 큰일도 할 수 있는 것이다.

"새로운 무덤을 도굴해서 다른 토법고로를 열었습니다."

"무덤의 위치는?"

"여전히 북망산입니다. 사자토설(死者吐說)이라 불리는 봉우리의 북쪽에……."

천왕동은 구 할의 진실에 일 할의 거짓을 섞어 가며 말했다.

상대가 다 알고서도 유도신문을 하는 것일 경우에 대비하기 위함이고, 만일 들켰다고 해도 자기는 말단 끄나풀이라서

몰랐던 것이라고 둘러댈 수 있게끔 여지를 남겨 놓는 것이
다.

"사, 살려 주십시오. 살려만 주신다면 아는 것을 모두 말
하겠습니다."

자신이 죽으면 정보를 줄 사람도 사라지는 것이다.

천왕동은 그렇게 말하고 있었다.

하지만.

"죽어서 말해도 된다."

"?"

추이의 반응은 여전히 무미건조했다.

…사뿍!

붉은 송곳 한 자루가 핏빛의 호를 그렸다.

천왕동은 자신의 목을 부여잡은 채로 바닥에 쓰러졌다

절정의 반열에 오른 고수치고는 너무나도 허무한 죽음이
었다.

"천왕동."

이것으로 모두 세 번 불렀다.

추이는 천왕동의 창귀를 추수했다.

ㅊㅊㅊㅊㅊㅊㅊㅊ……

일단 창귀로 전락한 이상 강제로 두개골을 열어 안쪽의 기
억을 들여다볼 수 있다.

추이는 천왕동의 기억들을 모두 끄집어냈고 그 파편화된

정보들 속에서 잔반의 현재 위치와 계획에 대해 모두 파악할 수 있었다.

'과연. 죽은 자가 더 정직하군.'

추이는 매화귀창을 거두고는 돌아섰다.

이윽고, 방 안의 모습이 보인다.

수많은 시체들이 가득한 방 안.

당연히 동생은 구석에 숨어 떨고 있을 줄 알았다.

······하지만.

"형님! 굉장하십니다!"

자백. 이제는 명림성이라는 이름을 갖게 된 동생은 추이를 향해 두 눈을 빛내고 있었다.

'그렇지. 이 녀석도 묘족의 핏줄이었다.'

추이는 명림성이 자신의 동생이며 같은 부족의 피를 가지고 있다는 사실을 새삼 다시 한번 체감했다.

묘족은 천성적으로 강하고 용맹하다.

피를 보는 것을 두려워하지 않고 알지 못하는 것에도 거침없이 도전한다.

추이는 그런 성격을 가지고 있었고, 그것은 같은 골육(骨肉)을 가지고 있는 동생 역시도 마찬가지이리라.

한편, 명림성은 복면인들의 시체를 보며 혀를 내두르고 있었다.

그가 보기에 복면인들, 그중에서도 나중에 나타난 이들은 진짜배기 고수들이었다.

특히나 복면인들 중 가장 앞에 있었던 사내는 그동안 수없이 많은 수라장을 겪고도 살아남은 자 특유의 노련함이 느껴졌었다.

그래서 명림성은 그를 처음 보았을 때 내심 목숨을 포기하고 있었다.

그런데 웬걸, 그토록 무시무시하던 복면인은 형을 보는 순간 전의를 상실한 채 목숨을 포기했다.

명림성이 복면 사내를 보고 대적 자체를 포기했듯, 복면 사내도 형을 보고 같은 감정을 느꼈던 것이다.

그렇다면 형은 대체 어느 정도의 경지에 올라 있는 것인가?

명림성은 그 부분에서 엄청난 경외감을 느끼고 있었다.

"형님!"

그리고 애초에 그에 앞서, 어느 날 갑자기 생이별한 뒤 생사도 알 수 없던 가족을 만났다.

감정이 북받쳐 오르는 것은 당연한 일이었다.

명림성은 그제야 추이를 와락 끌어안고는 눈물을 보인다.

난데없는 포옹에 추이는 잠시 움직임을 멈췄다.

'……그래. 원래 이런 녀석이었지.'

생각해 보면, 추이도 어렸을 적에는 감정 표현이 꽤나 풍부했었던 것 같다.

하란산 너머의 전장에서 말단 병사로 구르며 감정이 모두 마모되었고, 두 번의 삶 내내 혈교와 싸우면서 약간이나마 남아 있던 마음들도 모두 말라 버렸지만.

"……."

그럼에도 불구하고 추이의 입가에는 희미한 미소가 떠올라 있었다.

⁂

축시(丑時) 초.

관서(官署)의 대문 앞은 한밤중에도 불구하고 환하다.

횃불을 든 군관들이 지키고 있기 때문이다.

이윽고, 관서의 대문 앞으로 마차 한 대가 도착했다.

"누구냐?"

횃불과 창을 든 군관들이 마차의 앞을 가로막았다.

"나다."

마부석에 앉아 있던 소년이 고개를 들었다.

명림성. 이곳 관서의 최고 권력자인 현령 명림우(友)의 양아들이었다.

"헉! 도련님! 몰라뵈었습니다!"

"나가실 때와 다른 마차를 타고 오셔서……! 얼른 들어가시죠!"

군관들은 명림성에게 경례를 하고는 서둘러 대문을 열었다.

마차는 수월하게 대문 안으로 들어갔고 그 과정에서 누구의 저지도 받지 않았다.

이윽고, 마차는 명림성이 기거하고 있는 관서 건물 앞에 도착했다.

주변에 사람이 아무도 없음을 확인한 명림성이 마차 안쪽을 향해 말했다.

"형님. 지금입니다."

하지만 안쪽에서는 아무런 대답도 없다.

"……?"

명림성이 마차 안쪽의 휘장을 걷자.

"……!"

그곳은 텅 비어 있음이 드러났다.

그때, 옆에서 추이의 목소리가 들려왔다.

"올라가자."

"아…… 네!"

명림성은 고개를 끄덕이면서도 속으로 혀를 내둘렀다.

'언제 내리셨지? 보이지도 않았어. 무림 고수들이란 정말 신출귀몰하구나.'

명림성의 방.

탁자 앞에 앉은 추이의 앞으로 따듯한 찻잔이 놓였다.

명림성은 추이를 정식으로 현령에게 소개시켜 주고 귀빈의 신분을 내려 주겠다고 했으나, 추이는 그것을 거절하고 야인의 신분으로 남기를 선택했다.

이제는 오랫동안 쌓인 형제간의 회포를 풀 차례다.

"제가 지금껏 어떻게 살았는지 말씀드리겠습니다."

명림성은 붉어진 눈을 연신 끔뻑거렸다.

금방이라도 또 울 것 같은 눈치였다.

"부락이 불타고 사람들이 학살당한 뒤, 아시다시피 형제들 모두가 도망치지 않았습니까."

"그랬지."

"그 와중에도 형님께서는 저와 누이를 피신시키기 위해서 습격자들과 싸우셨고요."

"……."

그랬던가?

그것까지는 기억이 잘 나지 않는다.

벌써 수십 년도 전의 일이기 때문이다.

하지만 명림성은 그것을 바로 어제의 일처럼 또렷하게 기억하고 있었다.

"습격자들이 저와 누이를 끌고 가려고 할 때 형님께서 저희들을 구해 주셨습니다. 저희에게 도망가라고 하시며, 화살과 칼이 몸을 찌르는 것을 두려워하지 않고, 그렇게…… 저희들은 그래서 형님이 그날 돌아가신 줄로만…… 크흑!"

결국 명림성은 울음을 터트리고 말았다.

"못난 동생이 이제야 그날의 인사를 올립니다. 형님! 혀엉!"

먹물 먹은 티가 좀 빠지니 이제야 비로소 제 나이답게 보인다.

역시 어린애는 눈물 콧물로 범벅된 얼굴이 제일 자연스럽다.

추이는 또다시 와락 포옹을 하려 드는 명림성의 이마를 밀어내며 말했다.

"그래서. 그 뒤로는 어떻게 살았느냐."

명림성은 계속 훌쩍이면서 말을 이어 나갔다.

"부락이 사라지고 난 뒤 저와 누이는 숲 초입을 정처 없이 떠돌아다녔습니다. 습격자들의 창칼에서는 살아남았으나 먹지도 마시지도 못한 채 이대로 죽나 싶었지요. 그런데 그때, 천운이 따라 주었습니다."

바로 일련의 학자 무리와 마주친 것이다.

병 때문에 요양차 한적한 숲지를 찾아왔던 한림원의 내각 대학사 류백사(柳伯奢).

그는 선한 인물이었기에 순전한 동정심으로 이민족 쌍둥이 남매를 거두었다.

탈진으로 죽어 가던 남매는 그렇게 살아날 수 있었다.

이후, 쌍둥이 남매의 삶은 급격하게 바뀌었다.

누이가 언뜻 스치듯 들은 시문 구결을 똑같이 외우는 것을 들은 류백사는 쌍둥이 남매에게 학문을 가르쳤고, 남다른 오성과 비범한 재능을 가진 남매는 남들이 수십 년은 배워야 할 수준의 지식들을 불과 반년 만에 모두 깨우치는 기염을 토해 냈다.

이후 명림성은 남서방(南書房)의 학자들의 귀여움을 독차지하며 이런저런 학문들을 배웠고 이내 상서방(上書房)의 수업까지도 얻어들을 수 있기에 이르렀다.

그때쯤 해서, 류백사는 평소 친분이 있었던 현령 명림우와 만나 술잔을 나누게 되었다.

그때 쌍둥이 남매의 귀여운 외모와 뛰어난 학식을 본 명림우는 마침 슬하게 자식이 없어 고민이었다며 그들을 양자, 양녀로 삼게 되었다.

명림우는 인품이 좋고 천성이 선한 인물이었기에 류백사는 반대하지 않고 제자들을 보내 주었다.

그래도 분기별로 한 번씩 얼굴을 보고 수업을 받아야 한다는 조건을 걸기는 했지만, 그것은 그저 귀여운 제자들을 조금이라도 더 보고 싶은 늙은 스승의 사랑이었다.

명림성은 추이의 손을 잡고 눈물을 흘렸다.

"이후 저는 좋은 스승과 좋은 부모를 만나, 좋은 옷을 입고, 좋은 음식을 먹으며, 좋은 잠자리에 누워 잤습니다. 하지만 단 하루도 형님 생각을 하지 않은 적이 없었습니다. 그것은 제 누이 또한 마찬가지입니다."

"그렇군."

추이는 고개를 끄덕였다.

그리고 질문 하나를 했다.

"나는 현재 서문경이라는 이름으로 등천학관에서 교관직을 맡고 있다."

"네에? 형님 정도 되시는 절대고수가 어찌……?"

"따로 노림수가 있기 때문이야. 그러고 보니 현에서 내게 공로패를 주겠다고 하던데."

"아! 맞습니다! 서문경이라는 이름을 어디서 들었나 했더니, 바로 형님이셨군요! 얼마 뒤에 누이가 형님께 공로패를 주기로 되어 있습니다. 서문경 교관의 정체가 형님인 것을 알면 누이도 엄청나게 기뻐할 거예요!"

추이는 고개를 끄덕였다.

일이 생각보다 훨씬 더 쉽게 풀릴 조짐을 보이고 있었다.

"비위(狒胃)는 어디에 있지?"

비위라 함은 여동생의 이름이다.

순간, 명림성의 표정이 살짝 어두워졌다.

"누이는 지금 관서의 가장 깊숙한 곳에서 기거하고 있습니다. 어떤 건물에서 머무는지는 저도 알지 못합니다. 매번 머무는 위치를 바꾸거든요."

"왜냐."

"실수를 피하기 위함입니다."

"……."

추이는 턱을 쓸었다.

현재 현령은 강력한 법치(法治)를 내세워 지방 토호 세력들을 압박하고 있다.

아마 잔반이 이끌고 있는 토법고로 역시도 그중 하나일 것이다.

'……그리고 새로운 법령을 제정하고 시행하는 것이 동생들이라고 했지.'

추이는 등천학관의 구예림 교관이 했던 말들을 떠올렸다.

'현령은 거인(擧人)이나 진사(進士) 같은 지방사족, 신사(紳士)들을 끌어모아 막우로 삼는 중이지. 한마디로, 일대에서 방귀깨나 뀐다는 이들을 한 집단으로 모아서 향우회(鄕友會)를 만드는 거야.'

'현재 현령은 건강이 별로 안 좋아. 그래서 입법이나 행정 같은 것들은 거의 다 그의 자식들이 보고 있지.'

명림성은 걱정스럽다는 듯 고개를 저었다.

"누이가 제정하는 법률은 너무나도 엄격하고 가혹합니다.

이래서는 분명 다른 이들의 반발을 사고 말 거예요."

묵가(墨家)의 길을 걷고 있는 명림성은 법가(法家)의 길을 걷는 누이가 영 걱정스러운 기색이었다.

추이는 동생에게 물었다.

"비위는 어쩌다가 법가에 몸담게 되었느냐?"

"먼 옛날, 상앙이 효공에게 주장했던 '패자(霸者)의 도'를 공부하고 난 다음입니다. 현재 누이는 그 제도를 현대에 맞게 고쳐서 시행하고 있습니다."

명림성이 설명하는 제도들은 추이가 이해하기에도 꽤나 어려운 것들이었다.

가령 십오제(什伍制), 다섯 가구에서 열 가구를 한 단위로 묶어서 서로 밀고하게 만들어 납세나 징병을 쉽게 하는 제도이다.

그 외에도 상업을 짓누르고 농업을 권장하는 억상정책(抑商政策), 지역 사회 공동체 안에서 세운 공으로 신분을 바꿀 수 있는 군공수작제(軍功授爵制), 중구난방으로 어지러운 각종 단위나 수치들을 하나의 도량형(度量衡)으로 통일, 그 외 각종 미신이나 구습들을 모조리 철폐하고 모든 곳에 관아의 정보망을 심어 놓는 등, 아주 강력한 법규들이 제정되고 시행되었다.

이를 본 현령은 박수를 치며 이렇게 이야기했다.

與君一夜話 勝讀十年書
─십 년 동안 책을 읽는 것보다 하룻밤 이야기를 나누는 것이 낫다.

하지만 명림성은 이에 대해 조금 다르게 평했다.

"옛날 한고조 유방이 백성들에게 민심을 얻을 수 있었던 것은 약법삼장(約法三章) 덕분입니다. 너무 촘촘하고 가혹한 법은 오히려 백성들을 지치게 만들지요. 처벌에 대한 공포를 바탕으로 한 평화는 오래 유지될 수 없다는 것이 제 생각입니다. 이는 조량이 상앙에게 오고대부 백리해의 예시를 들어 꾸짖었던 맥락과 똑같습니다."

실제로, 명림성을 비롯한 쌍둥이 남매를 죽이고 싶어 하는 이들은 도처에 널렸다.

지금은 현령이 살아 있기에 외부 세력들도 대놓고 움직이지는 못하나, 만약 현령의 건강에 이상이 생기거나 한다면 무슨 일이 벌어질지는 아무도 모르는 일.

가령, 토법고로의 잔반 같은 존재들 말이다.

명림성은 작은 한숨을 내쉬었다.

"그래서 참 걱정입니다. 누이는 남의 말을 들으려 하지 않아요."

"네 말도 안 듣나?"

"정확히는 자기보다 학식이 모자란 사람의 말을 안 듣는 것입니다. 부끄럽지만…… 제 학문적 성취는 누이에 비해 많

이 일천합니다. 그래서인지 요즘은 저를 아예 만나 주지도
않습니다."

추이는 고개를 끄덕였다.

흐릿해진 기억 속, 여동생에 대한 기억이 떠오른다.

항상 씩씩하고 당차던 아이.

매사에 지기 싫어하며 뭘 해도 항상 뛰어났었다.

'같이 여지를 딸 때에도 내게 지지 않겠다며 혼자서 몇 바
구니씩이나 따 들고 오곤 했었지. 여전한가 보군.'

추이가 이런저런 생각을 하고 있을 때, 명림성이 기쁜 기
색으로 말했다.

"하지만 형님이 오셨다는 말을 들으면 누이도 버선발로 뛰
쳐나올 겁니다. 저도, 누이도, 항상 형님을 그리워하며 슬퍼
했었으니까요. 얼마 전까지만 해도 누이는 형님을 떠올리며
눈물짓곤 했습니다. '오라버니는 우릴 위해 고통스럽게 돌아
가셨을 텐데 우리만 호의호식하는 것이 죄스럽다'라면서요."

"……."

"지금 바로 사람을 보내서 전언을 하겠습니다. 누이도 이
번만큼은 숙소에서 나올 수밖에 없을 것입니다. 바로 해후의
자리를 만드는 것이…….."

그때, 추이가 손을 뻗어 명림성을 만류했다.

"아직이다."

"……네?"

"지금은 적절한 때가 아니야."

추이는 턱을 짚은 채 생각에 잠겼다.

직접 겪은 역사가 아니라 훗날 글로 배워서 안 역사지만, 그래도 추이는 미래에 벌어질 일들을 대략이나마 알고 있었다.

'그때의 기억이 맞다면 곧 '그 사건'이 벌어진다.'

뒤늦게 생각하면 그 사건은 분명 마교의 습격을 알리는 전조 증상이었다.

비록 그 당시에는 아무도 그것을 눈치채지 못했지만 말이다.

'……이번에는 그것을 막는다.'

추이는 허리를 감고 있는 매화귀창을 더듬으며 생각했다.

본격적으로 역사를 바꿔 볼 생각이었다.

"으으…… 으으으……."

비단금침 위에 누워 있는 한 소녀가 신음 소리를 낸다.

열이 오르고 식은땀이 난다.

매일 밤마다 찾아오는 악몽 탓이다.

명림하(明臨夏)는 지금 꿈을 꾸고 있었다.

이것은 자신이 '비위'라는 이름으로 불리던 때의 기억이었다.

꿈속에서 명림하는 광활한 숲 한가운데에 서 있었다.

기괴하게 뒤틀려 있는 나무들이 명림하를 포위하듯 둘러싸고 있는 것이 보인다.

심상세계 속의 숲.

숲을 이루고 있는 거대한 나무들.

그것들의 줄기와 뿌리들은 하나하나가 기억의 실타래들로 이루어져 있다.

슬프고 오래되었을수록 심하게 뒤틀리고 더더욱 굵어지는 나무들.

명림하는 무시무시한 형상의 나무들을 지나 숲 깊숙한 곳으로 파고든다.

이윽고, 익숙한 풍경이 그녀를 기다리고 있는 것이 보였다.

…화르륵!

불타고 있는 제단.

붉은 도깨비 탈을 쓰고 있는 주술사.

수많은 이들이 주술사를 따라 너울너울 춤을 춘다.

위로 삐죽 솟은 엄니, 구리로 된 머리와 무쇠로 된 이마, 네 개의 눈, 여섯 개의 팔, 곰의 등, 소의 뿔과 발굽.

주술사를 비롯한 모든 이들이 몸을 덩실덩실 흔들며 큰 소리로 노래를 부르고 있었다.

千古奇才橫空賢

−기이한 재주가 하늘을 덮는 천고의 현자여

可堪并论炎黄间

−염제와 황제 둘이라도 어찌 비하랴

五兵刑法君始点

−다섯 무기와 형과 법이 여기에서부터 시작했으니

九黎生气冲云天

−구리 백성들의 사기는 하늘을 찌르는도다

席卷中原华夏联

−염제와 황제를 누르고 중원을 석권하니

血染江河五千年

−피로 물든 강물이 오천 년을 흐르네

英名不因涿鹿败

−영웅의 이름은 탁록의 패전으로도 가릴 수 없으니

老黑石山百花鲜

−흑석산 온갖 꽃들 여전히 붉네

사람들은 서로 몸을 포개고 팔을 위로 들어 올린다.
마치 하나의 몸에 여러 개의 팔이 돋아나 있는 듯한 외형.
허공을 흐느적흐느적 유영하는 여러 개의 손들이 명림하
를 향해 손짓한다,
'출탁록기(出涿鹿記), 등장백산(登長白山), 해동귀환(海東歸還).'

탁록을 떠나자. 장백산을 오르자, 해동으로 돌아가자.

그 모습은 기괴하게 느껴졌으나 어쩐지 친숙하게 느껴지기도 하는, 그런 양가적인 감정을 불러일으키고 있었다.

그때. 한 손이 명림하의 손을 잡았다.

붉은 탈을 쓴 여성.

그녀가 명림하를 내려다보며 말했다.

'우리의 조상신은 탁록에서 부활하사, 장백산을 넘어가, 우리를 다시 해동으로 데려다주실 것이란다.'

명림하는 어려서 그 말이 무슨 뜻인지 알 수 없었다.

바로 그때.

숲속에서 화살 한 대가 날아온다.

퍽—

춤을 추던 주술사이 목에 화살이 박혔다.

사람들 사이에 순식간에 혼란이 번져 나간다.

숲속에서 검은 복면을 쓴 사람들이 나타났다.

그들은 하나같이 창과 칼, 화살로 무장하고 있었다.

'묘족 놈들의 씨를 말려라.'

'독 항아리들을 모두 수레에 실어.'

'벌레 새끼 한 마리 남기지 말고 모조리 죽여야 한다.'

복면인들은 칼을 휘두르기 시작했다.

수많은 사람들이 비명에 죽어 간다.

'도망가렴!'

붉은 탈의 여자는 화살에 맞아 죽어 가면서도 명림하를 밀쳤다.

　명림하는 동생의 손을 잡고 달렸다.

　어디로 가는지도 모르고 그저 달렸다.

　평소였다면 어른들이 절대 들어가지 못하게 했을 숲의 깊고 어두운 구역까지, 정신없이 내달렸다.

　자기가 살아야겠다는 생각에 앞서는 것은 동생을 지켜야 한다는 생각.

　그 일념 하나로 명림하는 동생의 고사리 같은 손을 꼭 움켜쥐었다.

　그때.

　'큭큭큭큭─ 어딜 가는 거냐. 벌레 같은 것들아.'

　오똑한 콧날에 흰 피부, 뱀처럼 찢어진 눈.

　심상치 않은 기세를 풍기는 복면인 하나가 명림하의 앞을 가로막았다.

　그의 칼날이 이쪽을 향해 겨누어지자 순간 무시무시한 압력이 전해져 왔다.

　명림하는 동생과 함께 자리에 주저앉아 덜덜 떨기 시작했다.

　이대로 끝이다.

　그 생각밖에는 들지 않았다.

　바로 그때.

'내 동생들을 건드리지 마라.'

뒤에서 들려오는 목소리가 있었다.

명림하는 고개를 돌렸다.

오빠.

오빠가 왔다.

등에 수많은 화살이 박혔음에도 불구하고, 오빠는 태연한 표정을 지은 채 명림하의 앞을 막아섰다.

'……도망가렴.'

지금껏 도망쳐 오는 동안 뒤에 오빠가 있었기에 명림하는 등에 화살을 맞지 않을 수 있었다.

그리고 지금. 오빠는 앞에서 날아오는 칼날마저 막아 주기 위해 앞에 선 것이다.

명림하는 머뭇거렸으나 오빠의 명령은 추상과도 같았다.

'가!'

그 말을 듣는 순간, 명림하는 몸을 일으켜 달렸다.

기계적으로 움직이는 발, 살겠다고 도망가는 몸뚱이, 무력하고 나약한 자신.

이 모든 것들을 원망하고 혐오하면서.

"헉!?"

명림하는 눈을 떴다.

요와 이불은 이미 눈물과 땀으로 푹 젖었다.

작은 몸 어디에서 이토록 많은 식은땀이 흘러나왔을까.

명림하는 머리맡에 둔 자리끼를 모두 비워 버렸다.

"후우……."

백옥같이 흰 얼굴에 숯으로 반듯이 그려 놓은 듯한 눈썹.

그것이 위로 가늘게 휘어졌다.

큰오빠를 잃던 날의 기억은 아직도 어제 일처럼 생생하다.

명림하는 쓰려 오는 가슴팍을 손으로 콱 움켜잡았다.

'조금 더 강해져야 해. 하루빨리 강한 세력을 갖춰서 오빠의 유해를 찾고 흉수들에게 복수해야…….'

이것이 명림하가 그토록 법가(法家)를 주창하는 이유다.

단시간 내에 세력을 확 키우기에는 법가만한 사상이 없기 때문이다.

'다른 사상들은 다 허울 좋은 이상론일 뿐이다. 지금 상황에서 가장 필요한 것은 '힘'과 '속도', 이 두 개를 동시에 갖추지 못한다면 의미가 없어.'

물론 유가(儒家)와 묵가(墨家)의 중간 어디쯤에 있는 동생은 자신을 이해할 수 없을지도 모른다.

하지만 명림하는 일부러 자신의 속내를 동생에게 이야기하지 않았다.

법가의 길을 걷는 이들은 필연적으로 주변에게 미움받을

수밖에 없는 일.

괜히 그 길에 동생까지 끌어들이고 싶지 않았기 때문이다.

'자백…… 아니 성(星)이는 오히려 나와 대척점에 있다는 인상을 심어 주어야 해. 그래야 나중에 내가 축출당하거나 암살당했을 때 성이만큼은 화를 피해 갈 수 있을 거야.'

그래서 명림하는 꾸준하게 들어오는 동생의 면회 요청을 계속 거부하는 중이었다.

자기에게 꽂히는 지방 토호들의 견제와 증오가 괜히 동생에게 옮겨 갈까 봐 경계하는 것이다.

……바로 그때.

"아씨. 안에 계십니까?"

문밖에서 시비의 목소리가 들린다.

"민기요?"

명림하는 옷을 입으며 물었다.

그러자 시비는 여전히 문밖에 서서 대답했다.

"지현님께서 부르십니다."

"아버님이?"

이 야심한 밤에 무슨 일일까?

의아해하던 명림하는 순간 불길함을 느꼈다.

미증유의 불안이 발가락 끝에서부터 종아리를 타올라 뒷목까지를 뻣뻣하게 굳혀 놓는다.

"지금 바로 갈 테니 의관을 준비해 주세요."

"예, 아씨."

시비가 고개를 숙이며 물러난다.

명림하는 황급히 의관을 갖추고 관서로 출발할 채비를 꾸렸다.

왜인지는 모르겠지만 서둘러야 할 것 같은 느낌이 들었다.

명림하는 현령이 기거하는 관서로 향했다.

건물 입구로 들어가기 전.

"……!"

명림하는 동생과 마주쳤다.

"누님."

"…….."

명림성이 명림하를 부른다.

하지만 명림하는 명림성의 부름에 대답하지 않았다.

'미안, 자백아. 나랑 얽히면 너 또한 불행해질 거야. 감당은 나 혼자면 족해.'

명림하는 명림성이 자신을 걱정하는 것을 안다.

자신의 최후가 상앙(商鞅)이나 이사(李斯), 한비자(韓非子), 오기(吳起)처럼 비참하게 될까 염려하는 것을 잘 알고 있었다.

하지만 그렇기에 더더욱 동생을 멀리할 수밖에 없다.

명림하는 눈을 질끈 감은 채 대답했다.

"무능한 학자에게 누님 소리를 듣고 싶지 않구나."

"누님⋯⋯."

"앞으로 나를 누이라 생각하지 말아라. 나는 이미 속으로 그렇게 정했다."

말을 마친 명림하는 차가운 표정을 지은 채로 건물 안으로 들어갔다.

명림성은 작게 한숨을 쉰 뒤 그런 명림하의 뒤를 따랐다.

현령 명림우.

그는 파리한 안색으로 침상에 누워 있었다.

명림하와 명림성은 붉어진 눈시울로 양부의 옆에 앉아 있다.

명림우가 말했다.

"허허− 오늘 저녁 식사를 마친 뒤부터 급격히 몸이 안 좋아지는구나. 아마 천명에 이르른 게지."

"아버님. 그런 말씀 마십시오."

"아니다. 내 몸은 내가 제일 잘 안다. 쿨럭−"

명림우는 별안간 기침을 하더니 이내 입에서 옅은 핏물을 토해 냈다.

깜짝 놀란 명림하가 천을 들어 명림우의 입가를 닦아 주었다.

명림우는 그런 명림하를 바라보며 웃었다.

"너희가 나의 아들, 딸이 되어 주어서 나는 정말 행복했다. 슬하에 자식이 없어 늘 쓸쓸했는데, 너희들이 있어서 정말로 행복했어."

"저희를 구해 주시고 거두어 주신 은혜를 아직 만분지 일조차도 갚아 드리지 못했습니다."

"그런 말 말아라. 내가 너희를 구한 것이 아니라, 너희가 나를 구한 게야. 다시 한번 고맙다. 나의 아들딸이 되어 주어서. 모자란 이 내가 아비라는 호칭으로 불릴 수 있게 해 주어서."

명림우의 말을 들은 명림성이 울먹인다.

이윽고, 명림우는 명림하와 명림성의 두 손을 꼭 잡았다.

"아무래도 나는 오늘 밤을 넘기지 못할 듯싶다."

"아버님! 어찌 그런 말씀을……!"

"내 몸은 내가 제일 잘 안다고 했잖느냐. 그러니 잠자코 들어라."

명림우는 진중한 어조로 말을 이었다.

"지금 지방 토호들의 낌새가 심상치 않다고 들었다."

"……."

"내가 죽으면 아마 그놈들이 들고일어날 것이다."

명림하가 고개를 푹 숙였다.

명림우는 그런 딸의 어깨를 토닥였다.

"네 탓이 아니다, 딸아. 너의 정책은 모두 훌륭했다. 다만 훌륭한 정책은 늘 훌륭한 뒷배를 필요로 하는데, 내가 그 뒷배가 되기에는 모자람이 있었을 뿐. 쿨럭!"

명림우는 또다시 핏물을 토했다.

"너희들은 나의 임종을 지킬 생각 말고 지금 즉시 말을 달려서 관서를 빠져나가라. 그리고 류 학사가 있는 유림에 당분간 몸을 의탁하거라."

"아버님……."

"잔말 말아라. 어서. 그것이 너희들이 몸을 지킬 수 있는 길이다. 나는 최대한 병석에 누워 시간을 길게 끌 것이고, 유언으로 나의 모든 재산들을 너희에게 물려주겠다고 할 것이다. 이후에는 너희들이 알아서 잘해 나가야 한다."

명림하와 명림성은 통곡하기 일보직전이었다.

명림하가 막 무어라 입을 열려 할 때.

"으윽!"

명림우가 별안간 가슴을 움켜쥐었다.

그러고는.

푸확!

많은 양의 피를 토했다.

"아버님!"

"안 돼! 아버지!"

명림하와 명림성이 동시에 명림우를 부축했으나.

털썩-

명림우는 침상에 쓰러진 뒤 다시 일어나지 못했다.

"의원! 의원을 어서!"

명림하가 침실의 휘장을 걷고는 밖을 향해 고래고래 소리 질렀다.

이윽고 의원들이 파리해진 안색으로 뛰어와 명림우의 맥을 짚는다.

그리고 이내.

"……타계하셨습니다."

모든 의원들이 침통한 표정을 짓는다.

명림하와 명림성은 멍한 표정으로 한동안 정신을 차리지 못했다.

또 한 번. 하늘이 무너졌다.

쌍둥이 남매가 정신을 차린 것은 그로부터 삼 각이라는 시간이 흐른 뒤였다.

"여기서 이러고 있으면 안 돼."

냉철한 명림하가 먼저 명림성의 손을 붙잡았다.

"빠져나가야 해. 아버님이 돌아가셨다는 소식을 알면 분명 폭도들이 몰려올 거야."

"어, 어디로 가?"

"아버님이 말씀하셨잖아. 우선 스승님께 몸을 의탁하는 수밖에 없어. 당분간은 유림에 몸을 숨기고 있자."

명림하 역시 명석한 두뇌의 소유자다.

그는 누이가 하는 말뜻을 얼른 알아듣고는 고개를 끄덕였다.

이윽고, 명림하와 명림성은 마굿간에서 말 한 마리씩을 끌고 나와 관서를 벗어났다.

횃불을 든 위사들은 남매의 얼굴을 알아보고는 바로 문을 열어 주었다.

"도련님. 아가씨. 이 야심한 밤에 어디를 가십니까?"

그동안 정을 붙인 몇몇 위사들이 친근한 얼굴로 물어봤지만 그들은 아무런 대답도 해 주지 못했다.

아마 이들의 얼굴을 다시 보지 못하게 될 수도 있었으니까.

그렇게. 남매는 어두운 신작로를 달렸다.

멀리 떨어진 곳에 있는 스승의 서원을 찾아갈 요량이었다.

……그러나.

"도련님. 아가씨. 이 야심한 밤에 어디를 가십니까?"

아까와 똑같은 얼굴, 똑같은 목소리로 길 앞을 가로막는 위사들을 보며 명림하는 기겁해야 했다.

방금 전까지 대문 앞에서 친근한 표정으로 배웅을 하던 이들이 지금은 딱딱하게 군은 표정으로 도주로를 막아서고 있다.

그 옆에는 얼마 전 부친의 운명을 선고했던 의원들도 몇 섞여 있었다.

'의원들이 밀고했구나!'

대체 언제부터 내통하고 있었을까?

명림하는 이를 악물었다.

그녀는 재빨리 말머리를 돌렸으나.

다그닥— 다그닥— 다그닥— 다그닥—

뒤에서도 말을 몰아 뒤쫓아오는 이들이 있었다.

"현령이 죽었으니 저 남매도 이제 그냥 돈 많은 어린 상속인 나부랭이가 되었군."

"이제 현령의 자식들도 아니니 우리 마음대로 해도 되겠지."

"그동안 현령을 믿고 오만방자하게 날뛴 대가를 치르게 해주마."

"지금껏 호족들에게만 가혹한 법률을 제정해 왔으니 이제는 너희 차례다."

"절대 곱게 죽이지 않겠다, 이 핏덩이 새끼들."

지금껏 명림하의 철혈법치에 짓눌려 살던 지방 토호 세력들이었다.

"기필코 죽인다, 저 쌍둥이 놈년들."

코가 잘린 사내 하나가 칼을 빼 들었다.

그의 이름은 공손영건(公孫贏虔).

공손영건은 노예제도가 폐지되었음에도 불구하고 노예를 사적으로 거래하다가 적발되어 코를 잘리는 형벌을 받은 지방 호족이었다.

이후 그는 형을 가볍게 하기 위해 많은 양의 곡식을 관아에 바쳤는데 그 곡식에 흙과 모래가 상당수 섞여 있었다는 이유로 다시 한번 벌을 받는다.

얼굴에 '죄인(罪人)'이라는 글귀를 먹으로 새겨 놓는 형벌이었다.

공손영건은 하도 갈아 대서 뾰족하게 변해 버린 이빨을 드러낸 채 으르렁거렸다.

"네놈년들이 만든 그 변법들만 아니었어도 내가 이런 꼴을 당할 이유가 없었어."

그는 오래전부터 현령의 병색을 보고받고 있었다.

공손영건에게 매수된 의원들은 현령의 병색이 위중해질 때마다 은밀히 신호를 보내왔고 바로 오늘, 현령의 사망이 확인되자마자 곧바로 병사를 일으킨 것이다.

"결코 곱게 죽이지 않겠다. 일단 코부터 잘라 낸 뒤 전신에다가 먹물 문신을 새겨 주마. 그 뒤에는 하란산 너머에 있는 오랑캐들과의 전장으로 보내 버리겠어. 그게 죽는 것보다 괴로울 거다. 큭큭큭-"

공손영건의 눈에는 핏발이 잔뜩 서 있다.

그 실핏줄들은 이내 툭툭 터져서 눈 전체를 붉게 물들인다.

흰자위를 완전히 빨갛게 만든 광기는 점차 눈을 넘어 아래로 줄줄 흘러내렸다.

사람이 분노에 눈이 멀면 피눈물이 흐른다는 것은 사실이었다.

그때.

명림하가 말고삐를 당겼다.

"이럇!"

명림하는 명림성이 탄 말의 고삐까지 쥔 채 앞으로 내달렸다.

"어엇!?"

앞쪽에 있던 위사들이 당황했다.

바로 그 순간, 명림하가 탄 말은 위사들의 포위망 위를 훌쩍 뛰어넘어 내달리기 시작했다.

명림성의 말 역시도 마찬가지였다.

"어엇!?"

명림성조차도 놀라서 당혹스러워한다.

하지만 명림하는 이미 이런 일이 일어날 줄 알았다는 듯 태연했다.

"일부러 내 마구간에는 최고로 좋은 말만 들여 놓았어. 이럴 때 쓰려고."

명림하는 혹시 모를 상황에 대비하여 꾸준히 명마들을 수집했고 지금 그 덕을 보고 있는 것이다.

뒤에서 공손영건이 고래고래 소리 지르는 것이 들려왔다.

"잡아라! 절대 놓치면 안 된다! 무슨 수를 써서라도 죽여야 해!"

이윽고 말발굽 소리들이 요란하게 들려온다.

추격자들이 본격적으로 추격을 개시하는 모양이다.

하지만 명림하와 명림성이 타고 있는 말은 둘 다 명마 중의 명마인지라, 시간이 지나면 지날수록 추격자들은 점차 뒤처지고 있었다.

"도련님! 도련님은 도망가실 필요 없으십니다!"

"명림하, 그 계집만 넘겨주신다면 도련님의 목숨은 보전해 드리겠습니다!"

"우리는 명림하의 변법에만 반대하는 것이지 도련님의 정책에는 찬성한다구요!"

뒤에서 공손영건의 부하들이 명림성에게 하는 말이 들려왔다.

하지만 당연하게도, 명림성은 모든 말들을 무시했다.

"이것 때문에 지금껏 저를 멀리하셨군요, 누님."

"……바보야. 그걸 이제 알았니?"

명림하는 샐쭉한 표정으로 말을 이었다.

"근데 일이 이렇게 되었으니 다 틀렸다. 이젠 너도 도망자 신세가 되었구나."

"그것은 중요치 않습니다. 누님이 저를 싫어하시는 게 아니라 다행일 따름입니다."

"속 편한 소리 하네. 지금 그게 중요해? 저놈들은 끝까지 우리를 따라올 거야."

"누님과 함께라면 두렵지 않습니다. 부락에서 도망치던 그때도 그랬지 않습니까."

"어쭈? 그새 간이 많이 커졌네. 우리 동생."

명림하와 명림성은 말을 몰면서 서로를 향해 웃어 보였다.

길고 고달픈 도망길이 시작되려 하고 있었다.

⁂

명림하와 명림성은 새벽 내내 말을 몰아 위함관의 성벽 앞에 섰다.

위함관은 인적 드문 절벽가에 위치해 있는 요새였다.

높은 성벽과 험준한 절벽으로 막혀 있는 요충지인지라 검문이 굉장히 깐깐했고 딱 정해진 시간에만 문을 열어 행상인들을 통과시킨다.

"됐어. 이 성문만 넘으면 스승님이 계신 곳까지는 금방이야."

명림하는 말을 몰아 성문 앞으로 다가갔다.

이윽고, 몇 개의 횃불들이 성벽 위로 올라온다.

"정지. 누구냐?"

성문을 지키는 문지기들이 창을 들어 올리며 말했다.

명림하는 신분을 증명하는 패를 흔들어 보였다.

"명림하. 현령의 딸입니다."

이에 밤눈이 좋은 병사 하나가 횃불을 들어 명림하의 얼굴을 비춘다.

"위함관에는 무슨 용무십니까?"

"문을 넘어가려 합니다. 급한 일이에요."

하지만 명림하이 말을 들은 문지기들은 곤란하다는 듯 대답했다.

"위함관의 성문은 진시(辰時) 초에만 열리게 되어 있습니다."

"그때까지 기다릴 수가 없어요. 한시를 다투는 일이라."

"죄송합니다. 새로 제정된 변법이 너무 엄격해서, 이것을 어기면 저희들의 코가 잘립니다."

"……."

그 말에 순간 명림하가 멍한 표정을 지었다.

문지기들이 말하는 변법을 만든 이가 바로 명림하 본인이었기 때문이다.

작법자폐(作法自斃).

'자신이 만든 법에 자신이 갇힌다'는 뜻의 성어가 이처럼 잘 들어맞을 수가 없다.

"내가⋯⋯."

명림하가 힘없이 고개를 떨궜다.

"내가 우리를 죽음으로 내몰았구나⋯⋯."

이렇게 되면 옛날의 법가 사상가 상앙(商鞅)의 말로와 다를 바가 없어진다.

그 역시도 자신이 제정했던 엄격한 법 때문에 결국 죽음에 이르게 되었기 때문이다.

'어떻게 해야 하지.'

명림하는 손으로 이마를 짚은 채 고민했다.

곧 공손영건과 그 부하들이 여기까지 추격해 올 것이다.

그러면 성문 안쪽으로는 들어가 보지도 못한 채 죽거나 납치당해 끔찍한 꼴을 겪게 되리라.

'생각해야 해. 동생이라도 살릴 길을⋯⋯.'

명림하가 초조한 표정으로 이러지도 저러지도 못하고 있을 때.

"저기 있다!"

"드디어 따라잡았군."

"큭큭큭큭– 두 시진도 안 되었는데 말이야."

"위함관의 성문이 열리지 않아서 천만다행이다."

저 멀리 공손영건과 부하들이 말을 몰아 오는 것이 보인다.

이윽고, 한 마리의 거대한 흑마 위에 올라탄 공손영건이 창을 든 채로 다가왔다.

"큭큭큭큭— 벌레 같은 것들아. 어디 더 도망가 보아라."

그 말을 듣는 순간, 명림하의 전신이 뻣뻣하게 굳었다.

'큭큭큭큭— 어딜 가는 거냐. 벌레 같은 것들아.'

악몽 속에서 늘 듣곤 하던 습격자들의 목소리가 귓가에 몇 겹으로 메아리친다.

그리고 그날 밤, 강제로 헤어져야 했던 오라버니의 마지막 모습까지도 눈앞에 어른거리고 있었다.

이윽고, 공손영건과 그이 부하들이 이쪽을 안전히 포위했다.

명림하와 명림성은 이제 이 폭도들의 손에 떨어지기 일보 직전이었다.

하지만.

"……."

이상하게도 명림성은 침착함을 잃지 않고 있었다.

명림하는 그 점이 조금 의아했다.

비록 저 악적들이 명림성에게 원한이 없다고 말하기는 했으나, 그것은 어디까지나 유인책과 이간책일 뿐이다.

애초에 명림성은 그런 구슬림을 믿을 정도로 멍청하지도
않고.

결국 이렇게 같이 잡힌 이상 명림성 역시도 자신과 같은
결말을 맞이하게 될 것이 뻔한 일.

그런데 어째서 동생은 이 상황에서도 이토록 침착할 수 있
는 것일까?

명림하가 그런 생각을 하고 있을 때.

"보자."

공손영건이 말을 몰아 명림하의 앞으로 다가왔다.

그는 창을 들어 올려 명림하의 턱 끝을 들어 올린다.

"쓰레기 같은 법을 제정했던 년치고는 미색이 출중하구
나."

"……."

"원래는 코를 자른 뒤 노예로 팔아 버리려 했는데, 생각이
바뀌었다. 데리고 놀 맛이 나겠군."

공손영건의 시선이 명림하의 머리부터 발끝까지를 끈적하
게 훑고 있었다.

바로 그때.

"그만둬라!"

공손영건의 앞을 명림성이 가로막았다.

"자, 자백아……."

명림하가 불안하다는 듯한 표정으로 만류했지만 명림성은

듣지 않았다.

"현령님이 다스리는 고을 내에서 사병을 조직하여 운용한 죄가 실로 무겁다. 이것은 사형을 넘어서 삼족 멸문지화를 당해도 할 말이 없는 중죄임을 모르는가!"

"큭큭큭— 애송이가 뭐라고 지껄이나 했더니."

공손영건은 귀찮다는 듯 손사래를 쳤다.

"그래서. 내가 중죄를 저질렀다고 치자. 네가 무슨 힘으로 나를 심판할 것이냐?"

이 점에 대해서는 명림하 역시도 동감하는 바였다.

그래서 그녀는 두 눈을 질끈 감은 채로 이를 악물고 있을 뿐이다.

상대는 반역자로 몰리는 것까지 각오한 폭도의 수괴.

그런 놈에게는 법의 힘이 통하지 않는다.

법은 멀고 주먹은 가깝다는 말이 더없이 딱 들어맞는 상황 인 것이다.

명림하가 아무런 말도 하지 못하자 공손영건은 흥이 오르 는지 아까보다 더욱 큰 목소리로 외쳤다.

"그 누가 나를 심판할 수 있겠냐고 물었다. 지금 이 순간 너희들을 살리고 내게 죄를 물을 만한 자가 있나? 으응?"

대놓고 빈정거리는 공손영건의 태도에 주변의 부하들이 킥킥 비웃음을 흘리고 있었다.

하지만. 여전히 명림성의 태도는 당당했다.

"있다."

"……뭐?"

"네놈들에게 죄를 물을 사람이 있다는 말이다."

명림성의 말에 공손영건의 한쪽 눈썹이 꿈틀 움직인다.

명림하가 고개를 들고는 어리둥절한 표정으로 명림성을 바라보았다.

"자백아. 그게 무슨……?"

하지만 그녀의 말이 채 끝나기 전에, 명림성은 뒤를 돌아보며 우렁찬 목소리로 외쳤다.

"형님!"

모든 이들의 시선이 한쪽을 향해 집중되었다.

그곳은 바로 굳게 닫힌 위함관의 성문이 있는 방향이었다.

단단히 잠겨 있는 성문 앞에는 개미 새끼 한 마리 지나다니지 않는다.

그것을 본 공손영건이 피식 웃었다.

"어디서 건방지게 같잖은 속임수를……."

하지만. 그의 말은 끝까지 이어지지 못했다.

…우직!

위함관의 철문이 별안간 이상한 소리와 함께 부풀어 오르더니.

콰—콰콰콰콰쾅!

엄청난 굉음과 함께 폭발하듯 부서져 나갔기 때문이다.

"......!?"

비산하는 쇳조각과 자욱하게 솟구쳐 오르는 흙구름.

성벽 위의 병사들이 턱이 빠질 듯 입을 벌리고 있는 아래로.

저벅– 저벅– 저벅–

한 사람이 걸어 나오고 있었다.

그리고 그 사람의 얼굴을 확인한 명림하의 두 눈이 찢어질 듯 커졌다.

'내 동생들을 건드리지 마라.'

아직도 귓가에 선명한 그 어조, 그 목소리, 그 대사.

그것이 그때와 똑같이 그대로 재현된다.

"내 동생들을 건드리지 마라."

추이가 그곳에 있었다.

공손영건은 눈살을 찌푸렸다.

"......뭐야 저놈은?"

그동안 인고의 세월을 보내 오며 참고 또 참았다.

당장이라도 자신의 얼굴을 이 모양으로 만들어 놓은 쌍둥이 남매를 찢어 죽이고 싶었지만…… 그래도 현령이 죽을 때까지는 기다려야 했다.

의원들이 몰래 보내오는 서신에는 현령의 건강이 나날이 악화되고 있다고 쓰여 있었다.

그리고 결국, 현령은 죽었다.

가장 큰 방어벽이었던 명림우가 죽었으니 이제는 눈치 볼 것도 없었다.

공손영건은 바로 사병들을 일으켰다.

그리고 가려 뽑은 정예들만 데리고 관서로 쳐들어가 명림하와 명림성을 찢어 죽이고자 했다.

그리고 이내 위함관의 성벽 앞에서 오도 가도 못 하고 있는 남매를 발견했을 때, 공손영건은 하늘이 자신을 돕는다며 크게 부르짖을 뻔했다.

……한데. 지금 눈앞에 있는 저 남자는 무엇인가.

당장이라도 코가 잘리고 얼굴에 문신이 새겨진 것에 대한 복수를 해야 하는데, 별 시답잖은 놈이 그것을 지체시키고 있다.

"내 동생들을 건드리지 마라."

뭔데 혈혈단신으로 저렇게 당당하다는 말인가.

'……뒤에 병사들이라도 끌고 왔나?'

공손영건은 목을 길게 빼어 낯선 자를 살폈다.

하지만 그는 철저히 혼자였다.

성문을 폭파시키는 데 쓴 것으로 추정되는 화약 같은 것도 보이지 않았다.

"무슨 수로 성문을 부수었는지는 모르겠으나, 그런 수가 있었다면 나를 향해 썼었어야지. 그것이 네 패인이다!"

공손영건은 창을 들었다.

그리고 거대한 흑마를 몰아서 눈앞에 있는 남자를 향해 돌진했다.

그의 외모는 무척이나 수려했고 또 명림하, 명림성 남매와 많이 닮아 있었다.

'죽이기는 아까운 외모로군. 잡아다가 적당히 교육시켜서 남색을 즐기는 고관대작 놈들에게 팔아넘기면 쏠쏠하겠어.'

공손영건은 창을 내지르는 그 순간에도 이런 생각을 했다.

그런데.

…퍽!

말을 탄 상태에서 창을 앞으로 내지르는 순간, 시야가 뒤바뀌었다.

공손영건의 눈에 보이던 것이 낯선 사내의 얼굴에서 다른 사내의 몸뚱이로 바뀌었다.

그 몸뚱이는 분명 공손영건 자신의 것이었다.

'어라? 왜 내 몸이 보이지?'

공손영건은 의아함을 품었다.

자기가 자기의 몸을 이렇게 멀리서 볼 수는 없는 노릇이다.

하지만 저 흑마 위에 올라가 있는 몸뚱이는 분명 자신의 것이었다.

두 다리로 말안장을 조이고 있는.

두 손으로 긴 창을 굳게 쥐고 있는.

그것이 현재 공손영건의 몸 상태다.

그리고 이내. 공손영건은 자신의 시야가 급격히 아래로 쑤욱- 꺼지는 것을 느꼈다.

쾅- 데굴데굴데굴데굴……

시야에 들어온 땅과 하늘이 수십 번 뒤집혔다.

그리고 마지막으로 눈에 보이는 것은 바싹 마른 흙바닥뿐.

'아. 그렇군.'

공손영건은 마지막 순간에야 겨우 깨달았다.

자신의 목이 잘렸다는 사실을 말이다.

[푸히이이이이잉!]

주인 잃은 흑마가 날뛴다.

공손영건조차도 제대로 길들이지 못했던 이 거대한 흑마는 육중한 몸을 흔들며 앞으로 돌진했다.

콰콰쾅! 퍼퍼퍼퍽!

목이 달아난 공손영건의 시체가 흙바닥을 뒹굴었고 이내 말의 뒷발굽에 채여 산산조각 났다.

"으아아아아아! 흑건(黑鍵)이 날뛴다!"

"저, 저 녀석이 날뛰면 아무도 못 막는다고!"

"활을 쏴야 해! 죽이는 것 말고는 제압이 안 돼!"

공손영건을 따라온 병사들이 허둥거린다.

그때.

저벅―

추이가 흑마의 앞으로 걸어갔다.

[푸히잉! 푸르르르르륵!]

흑마는 눈앞에 있는 추이를 단숨에 짓밟아 버리려 했지만.

"……."

추이는 그저 무표정한 얼굴로 흑마의 눈을 바라볼 뿐이다.

그리고 이내.

오싹―

명마 흑건은 느꼈다.

쿠―구구구구구구구……

눈앞에 있는 남자의 영혼에 눌어붙어 있는 수없이 많은 군마(軍馬)들의 피 냄새를.

전장을 날고 기던 명마(名馬)들의 단말마를.

[푸, 푸르륵……]

제아무리 사나운 맹견도 개장수를 보면 오줌을 지리듯, 아무리 성질이 거친 말이라고 해도 동족을 수백, 수천, 수만 마리나 학살한 괴물 앞에서는 고간이 쪼그라들 수밖에 없다.

흑건은 추이에게 가까워질수록 속도를 줄이더니 이내 그 앞에서 발을 멈추고 고개를 떨구었다.

'알아서 긴다'라는 표현이 이보다 더욱 적절할 수는 없으리라.

홀쩍-

추이는 태연하게 흑건의 위로 올라탔다.

"가자."

목표는 공손영건이 끌고 온 사병들이다.

다그닥- 다그닥- 다그닥-

추이는 말을 몰아 병사들에게로 달려갔다.

손에는 한 자루의 긴 매화귀창을 든 채였다.

병사들 역시도 창을 들었다.

고르고 골라 뽑힌 최정예들이니만큼 오합지졸들처럼 도망치지는 않았다.

"공손영건 님의 원수를 갚자!"

"저놈의 목이라도 끊어 가야 면이 선다!"

"이 머릿수를 상대로 덤벼들다니, 미친놈."

수십 명이나 되는 병사들이 일제히 말을 몰아 추이를 향해 덤벼들었다.

그리고.

…꾸욱!

추이는 손에 든 매화귀창을 가로로 뉘였다.

눈앞으로 몰려드는 적들은 평소의 무림인이 아닌 군사들.

제대로 된 군의 창술을 배운 적들이다.

그들을 보며 추이는 생각했다.

'나는 군대에서 창을 쥐는 법을 배웠다.'

말을 몰아 앞으로 나간다.

'그렇기에 창으로 사람을 찔러 죽이는 법을 잘 안다.'

적들을 향해 창을 내뻗는다.

'피와 살점이 난무하는 야전에서, 나는 나보다 사람을 잘 죽이는 이를 보지 못했다.'

군문의 창술이 군문의 병사들을 겨눈다.

이윽고, 추이와 병사들이 맞붙었다.

그 결과는.

…퍼퍼퍼퍼퍼퍼퍼퍼퍼퍽!

눈 깜짝할 사이에 병졸들 십수 명의 목이 하늘로 날아오르는 것으로 시작되었다.

후욱! 퍼억! 부우웅- 쩍!

추이의 창날은 허공을 매섭게 가르며 대기에 수십 개의 구멍을 연달아 뚫어 놓았다.

자욱한 피보라가 일며 병사들 사이에서는 불신과 경악이 퍼져 나가고 있었다.

죽은 자는 침묵하고, 미처 죽지 않은 자들은 비명을 지른다.

추이는 계속해서 창을 놀렸다.

전장을 질주하는 한 마리의 흑마, 그리고 그 위에 탄 창귀

(槍鬼).

말 위에서 창을 다루는 추이의 모습은 마치 전장에 군림하는 화신과도 같았다.

그것을 본 명림하가 저도 모르게 중얼거렸다.

"군신(軍神)……."

어렸을 적, 사찰의 벽에 그려진 탱화(幀畵) 한 점을 본 적이 있다.

군인의 무운을 지켜 준다는 전쟁의 신이 그려진 벽화였다.

그리고 지금, 눈앞에 있는 오빠의 모습은 그때의 탱화 속 군신의 모습과 꼭 닮아 있었다.

이윽고.

핏—

추이가 마지막으로 창을 휘둘러 핏빛의 긴 호를 그린다.

마흔이 넘는 수의 병사들이 모두 말 아래로 떨어졌다.

그들은 전부 창귀가 되어 추이의 단전 속 심상뇌옥 안에 갇히게 되었다.

'이걸로 끝이다.'

추이는 고개를 끄덕였다.

원래의 운명대로라면 현령 명림우는 이 시기쯤 해서 정적들에게 독살당한다.

그리고 이로 인해 혼란해진 틈을 타 세외의 마인들이 중원으로 흘러들고 이 때문에 정도회맹에서는 커다란 유혈 사태가 벌어지게 된다.

'현령이 없으면 성문에서 통행증이나 신분패를 감시하는 체계에도 혼선이 생긴다. 자연스럽게 세외의 마인들이 쉽게 관문을 통과하여 집결할 수 있겠지. 그것을 막으려면 일단 관이 튼튼하게 버티고 있어 주어야 한다.'

그것이 추이가 관과 접촉하려 했던 이유였다.

명림하와 명림성이 살아남았으니 이제 혼란은 그리 오래 가지 않으리라.

그때.

"오, 오라버니……."

명림하가 추이를 부른다.

추이는 명림하를 돌아보았다.

울먹이는 여동생.

그날 숲에서 생이별했던 모습과 비교하여 그리 달라지지 않았다.

"저, 저는……."

명림하는 무어라 말하려 했다.

하지만 말하고 싶은 것이 너무 많아서 무엇부터 말해야 할지 알 수 없었다.

"여, 열심히…… 열심히 하려고……."

그래서 자꾸만 말이 꼬이고 목소리가 잠기고 있는 것이다.

바로 그때.

"한계가 뚜렷하구나."

추이가 명림하의 말을 끊었다.

"……네?"

명림하가 두 눈을 크게 뜬다.

추이는 그런 동생을 향해 말했다.

"네가 추구하는 법가 말이다. 문제점이 많다는 뜻이었다."

"에? 어, 어떤……."

명림하는 당황한 기색을 숨기지 못하고 있었다.

추이는 나지막한 목소리로 말을 이었다.

"엄격한 법으로 질서를 확립한다는 발상은 좋으나, 그 목적이 공동체의 번영이 아닌 군주의 권력 강화에만 존재한다는 것이 한계점이다. 사회적 특권 계층에게도 똑같은 법의 잣대를 들이민다는 것은 그저 우민들을 속이기 위한 논리일 뿐."

결국 법가라는 것은 군주의 절대 권력을 옹호하기 위한 논리일 뿐이지 공평하고 평등한 의미에서의 법치와는 거리가 아주 멀다.

"법가를 중시한 국가들은 빠르게 성장하였으나 붕괴 역시도 빨랐다. 먼 길을 가려거든 한 걸음 한 걸음을 차근차근 내디뎌야 하는 법. 그 점을 명심해야 한다."

"……."

명림하는 고개를 떨구고 말이 없다.

그저 눈물만 흘릴 뿐이다.

그때.

"형님."

명림성이 앞으로 나섰다.

"누님이 지금껏 법가에 몸담고 있었던 이유는 바로 형님을 찾기 위함입니다."

그는 명림하의 손을 꼭 잡은 채 결연한 목소리로 말을 이어 나갔다.

"최대한 빠르게 힘을 길러 형님을 찾고, 만약 돌아가셨다면 유해라도 수습하기 위해서 그 모진 세월을 견뎌 내고 있었던 것입니다. 이 동생이 모자라서 지금껏 그 마음을 헤아리지 못했던 것 같습니다."

"그러냐."

추이의 무심한 시선이 다시 명림하를 향한다.

명림하는 눈앞이 뿌연 물기로 뒤덮이는 것을 느끼며 고개를 끄덕였다.

"네……."

그러자.

터억-

추이의 손바닥이 명림하의 머리 위에 얹어졌다.

"나름대로 열심히 했구나."

"……. ……. ……."

결국 명림하의 두 눈에서 눈물이 터져 나왔다.

명림성 역시도 눈물이 그렁그렁한 표정으로 누이의 손을 잡는다.

"잘됐습니다. 잘된 일입니다. 아아, 이 감동스러운 해후를 아버님께서 보실 수 있었다면 얼마나 좋았을까요."

명림성의 말에 명림하 역시도 울면서 고개를 끄덕였다.

그런데.

"관청으로 돌아가면 볼 수 있겠지."

추이의 반응은 다소 뜻밖이었다.

"……?"

"……?"

명림하와 명림성은 의아하다는 듯한 표정으로 추이를 바라본다.

현령 명림우의 사망으로 인해 이 모든 사달이 벌어졌다는 것을 뻔히 알면서 이게 무슨 소리일까?

이에 대한 의문은 이어지는 추이의 말에 의해 풀렸다.

"명림 현령도 지금쯤은 의식을 되찾았을 것이다."

애초에 현령은 독살당하지 않았다.

다만, 추이가 먼저 살짝 손을 썼을 뿐이다.

염(殮)을 하는 이가 왔다.

하구숙(何九叔).

한때 견술의 복수를 도왔던 의인들 중 하나였다.

"……하늘도 참 무심하시지."

하구숙은 눈앞에 있는 명림우의 시신을 보며 한숨을 내쉬었다.

명림우. 그는 선한 사람이자 유능한 현령이었다.

힘없고 돈 없는 이들을 연민의 시선으로 바라볼 줄 아는 얼마 안 되는 관료였다.

하구숙은 명림우의 부모님과 스승을 염해 주었던 인연으로 그와 친분을 맺게 되었고, 그와의 인연을 소중히 여기고 있는 사람이었다.

하지만 그는 어느 날 하루아침에 독살당했다.

흉수는 뻔한 일이었다.

아마 그의 정책 때문에 금전적인 손실을 거듭해야 했던 지방 토호 세력들이리라.

"죽일 놈들은 천수를 누리며 사는데, 죽지 말아야 할 분들은 이토록 일찍 돌아가시는구나. 이게 정녕 하늘의 뜻이라면 대체 하늘은 왜 있는 것이며, 무슨 기준으로 판단을 내리는 것인가."

하구숙은 다시 한번 깊은 한숨을 내쉬었다.

그리고 염을 시작하기 위해 명림우의 시신을 다시 한번 정리하려 했다.

……바로 그 순간.

번쩍!

하구숙의 손바닥에서 이상한 감촉이 느껴졌다.

마치 시신의 눈꺼풀이 위로 들려 올라가는 듯한 느낌.

염을 하던 도중 별안간 시신의 팔이나 다리가 꿈틀 움직이는 경우는 있어도 눈이 떠지거나 하는 경우는 없다.

그래서 하구숙은 의아한 표정으로 고개를 돌렸다.

그리고.

"으아아아아악!?"

그는 어린아이처럼 비명을 내지르고 말았다.

현령 명림우. 그가 눈을 부릅뜬 채 천장을 바라보고 있었기 때문이다.

하구숙은 너무 놀라서 그 자리에 털썩 주저앉았다.

어느 날 갑자기 견술이 나타나서 반금련과 서문경을 때려 죽였을 때도 이 정도로 놀라지는 않았던 것 같다.

벌떡—

하지만 하구숙이 놀라거나 말거나, 명림우는 상체를 일으켰다.

그러고는 아주 또렷한 발음으로 하구숙에게 물었다.

"내가 얼마나 누워 있었지?"

"예?"

"내가 죽은 지 얼마나 지났냐고 물었네."

시체가 되살아나 묻는다.

하구숙은 이에 황망한 어조로 대답했다.

"저, 현령 어르신께서는 돌아가셨던 것이 아닌지요? 만약 귀신이시라면 이승에 미련을 버리시고 어서 저승으로……."

하구숙은 분명 명림우가 죽은 것을 몇 번이나 확인했다.

그리고 그 이전에도 십수 명의 의원들이 모두 같은 결과를 내놓았고 말이다.

하지만 지금 명림우는 멀쩡하게 살아 움직이고 있었다.

심지어 하구숙을 향해 답답하다는 듯 미간을 찡그리기까지 하지 않는가.

"나는 안 죽었네. 모종의 이유로 연기를 조금 했을 뿐."

"예? 아, 예에. 여, 연기셨습니까요?"

"그래, 빨리 대답이나 해 주게. 내가 얼마나 누워 있었어! 아니, 그건 됐고……."

명림우는 하구숙에게 급히 되물었다.

"혹시 반란이 일어났는가?"

"……."

하구숙은 무어라 대답해야 할지 몰라 머뭇거렸다.

하지만 명림우는 하구숙의 표정에서 원하는 답을 찾아낼 수 있었다.

"그렇군. 반란이 일어났군."

"……예에. 그렇습니다."

"지금 그 반란군들은 내 딸과 아들을 뒤쫓고 있겠지."

"그것도 그렇습니다."

하구숙이 고개를 끄덕이자 명림우는 깊은 한숨을 내쉬었다.

"과연. 모든 것이 '그 남자'의 말대로야."

"……예?"

하구숙이 멍한 표정으로 되묻는 동안, 명림우는 자리를 박차고 일어나더니 방 한쪽에 놓여 있던 갑옷을 입고 칼을 들어 올렸다.

움직이는 동안 본인도 상황을 정리하기 위함일까.

"얼마 전, 한 남자가 나를 찾아왔네."

명림우는 얼마 지나지 않은 과거를 회상하고 있었다.

"그는 내게 기묘한 제안을 하나 하더군. 이 일대에 숨어 있는 반란 세력들을 일거에 소탕할 수 있는 계책이었다네."

그것이 바로 '죽은 척' 작전이다.

"나는 항상 내 사후 아들딸들의 안위에 대해 걱정해 왔어. 또한 지방 토호들이 들고 일어날 것에 대해서도 늘 우려했었지. 그래서 이번 일을 계기로 그 모든 것을 한 번에 해결할 요량이었어."

명림우의 눈에서 불꽃이 피어올랐다.

"하지만 이 계책에는 두 가지가 필수적으로 전제되어야 했지."

그는 갑옷을 입고 칼을 찬 채로 옆에 있던 종을 울렸다.

"첫째는 내 자식들의 안전이야. 그리고 둘째는 의원들조차 속여 넘길 수 있을 정도로 완벽한 '죽은 척'이지."

이윽고, 시종들이 우르르 몰려온다.

그들은 하나같이 명림우를 보며 기겁했다.

명림우는 시종들에게 군사를 집결시키라는 명령을 내렸다.

그러면서도 하구숙에게 말을 하는 것도 잊지 않았다.

"놀랍게도, 나를 찾아온 그 남자는 이 두 가지를 완벽하게 충족시켜 주었어. 그의 무위는 난다긴다하는 내 호위무사들을 장님, 벙어리로 만들어 버릴 정도로 강력했고 또 한 번 마시면 반나절 정도는 시체처럼 잠들게 되는 기이한 독도 가지고 있었네."

그리고 '죽은 척 작전'이 시작되었다.

현령은 자식들의 안위를 그 남자에게 맡겼고, 또 그 남자가 준 독을 들이마셨다.

하구숙은 더듬더듬 물었다.

"혀, 현령님께서는 어찌하여 그 남자를 그토록 신뢰하셨습니까요? 자식들의 안위를 맡긴 것도 모자라 독까지 드시면서……."

"나도 그걸 모르겠네. 다만……."

명림우는 옅게 미소 지었다.

"그에게서는 내 아들 딸과 같은 냄새가 났어. 그리고 나와도 비슷한 느낌이 들었지."

설명할 수는 없지만 아주 드물게, 사람은 다른 사람과 '통할' 때가 있다.

그런 순간이 오면 교류한 세월이 의미 없게 여겨질 정도로 강한 친밀감과 신뢰가 그 둘을 하나로 강력하게 묶어 버린다.

예전에 아들과 딸을 처음 만났을 때처럼, 명림우는 어느 날 밤 자신을 찾아왔던 한 과객(過客)에게서 그러한 종류의 힘과 운명을 느꼈다.

그것은 바로 '먼 길을 가는 자' 특유의 기운이었다.

일모도원(日暮途遠). 도행역시(倒行逆施).

날은 어두워지고, 가시밭길은 아직도 멀었다.

순리를 하나하나 다 지켜 가면서는 대업을 이룰 수 없는 것이다.

"자네는 안전한 곳으로 피신해 있게나. 객사 안쪽에 빈방이 많으니 그곳에 하루 이틀 정도 있으면 되겠군."

이윽고, 하구숙에게서 눈을 뗀 명림우의 표정이 무시무시하게 변했다.

"감히 내 아들딸을 해치려 한 역적 도당들을 토벌할 것이다. 모든 군사를 집결시켜라! 놈들의 삼족, 아니 십족(十族)을 멸하리라!"

이번 기회에 개혁에 반대하는 정적들을 모조리 쓸어버릴
참이었다.

꾸~

이후 일은 순차적으로 풀려 나갔다.

명림우가 직접 이끄는 군사들은 여기저기 흩어져 있던 지
방 토호들의 세력을 하나하나 각개격파했고, 달포가 채 지나
지 않은 시점에서 모든 주동자들을 관서 앞에 무릎꿇려 놓을
수 있었다.

음지에 숨어서 현령의 암살 계획을 세우던 이들은 전부 처
형당했다.

그들 중 대부분은 지역에서 백성들을 약탈하던 수전ㄴ, 탐
관오리들이었다.

한편.

"……."

추이는 누각 위에서 그 모습을 가만히 내려다본다.

'역시 하오문은 보이지 않는군.'

참수를 기다리고 있는 이들 중에 잔반의 얼굴은 보이지 않
는다.

워낙에 신출귀몰한 작자이니 당연하다면 당연한 일.

한편, 추이의 옆에는 황당하다는 듯한 표정의 명림하와 명

림성이 서 있었다.

"오라버니. 이런 계획이 있었으면 말씀을 좀 해 주시지."

"아버님도 참 너무하십니다. 저희들이 얼마나 걱정을 했
는데."

동생들이 볼멘소리를 하는 것도 이해가 된다.

하지만 추이는 별다른 반응을 보이지 않았다.

육혼의 경지에 오른 뒤, 추이의 피는 참으로 기이한 독이
되었다.

무공을 익힌 자들에게는 치명적인 산공독과도 같고, 무공
을 모르는 일반인에게는 반나절에서 며칠간 시체처럼 가사
상태에 빠지게 만드는 몽혼독과도 같다.

추이는 자신의 피가 가진 이와 같은 능력을 이용하여 현령
과 협상을 했던 것이다.

그러니까 시간의 순서대로 따지면 추이가 현령을 찾아가
서 담판을 지었던 것이 가장 먼저고, 그다음에 잠행에 나갔
던 명림성을 구해 주었으며, 마지막으로 반란군에게 잡히기
일보직전이었던 명림하를 구해 준 것이다.

"진짜 너무해요 오라버니!"

"어쩔 수 없었다. 비밀을 아는 자는 적으면 적을수록 좋은
것이니."

추이는 말을 하면서도 원래의 운명을 떠올렸다.

회귀하기 전, 명림우 현령은 반란 세력들에게 독살당한다.

그리고 기록에서는 찾아볼 수 없었지만, 그 이후의 역사에서 명림하와 명림성이라는 이름을 한 번도 들어 보지 못했으니 동생들 역시도 아마 살해당했을 것이다.

'이번 생에서는 그런 운명을 피했으니 잘된 일.'

추이는 눈을 뜨며 회상을 마쳤다.

그때.

"여기들 있었군."

뒤에서 추이를 부르는 목소리가 들려왔다.

명림우. 그가 이쪽을 바라보며 옅은 미소를 띠고 있다.

"아버님!"

명림하와 명림성이 기쁜 안색으로 외쳤으나 이내 추이의 눈치를 본다.

옛 가족인 추이와 현 가족인 명림성 사이에서 어떻게 행동해야 할지 몰라 어색하게 굳어 있는 것이다.

"……."

추이는 별로 신경 쓰지 않는다는 듯 난간 너머로 고개를 돌렸다.

저벅– 저벅– 저벅–

명림우는 그런 추이의 옆으로 걸어와 나란히 섰다.

기본적으로 명림우는 허례허식을 모르는 담백한 사나이.

그렇기에 한때 전장에서도 큰 무훈을 몇 번이고 세울 수 있었던 것이리라.

그는 단도직입적으로 말했다.

"추이……라고 했던가."

"그렇소."

"오. 처음 만났을 때와는 다르군. 존대를 쓰다니."

"내 동생들의 아버지라는 것을 알았으니까."

추이의 대답을 들은 명림우는 천천히 고개를 끄덕였다.

"'내 동생들의 아버지'라는 표현은 어딘가 어색하지 않나."

"……."

"그 표현에서 '동생들의'라는 말을 생략하면 어떻겠나?"

"……?"

추이가 한쪽 눈썹을 까닥 움직였다.

명림우는 추이를 똑바로 바라보며 말했다.

"자네의 사정은 익히 들어 알고 있네. 내 아들딸이 항상 입을 모아 이야기했었거든."

"……."

"나는 자네의 아버지가 되고 싶다네. 물론 자네가 허락한다면 말이야."

명림우의 말에 추이는 별다른 대답을 하지 않았다.

이제 와서 양아버지를 모시는 것은 새삼 어색한 짓이다.

회귀하기 전, 추이의 나이는 지금의 명림우보다도 많았기 때문이다.

하지만 그 사실을 알 리 없는 명림우는 진심으로 말하고 있었다.

"나는 관서에 잠입해 들어온 자네의 두 눈을 보는 순간 직감했다네. 우리는 적이 아니며, 장차 더욱 끈끈한 인연으로 맺어질 사이라는 것을. 그게 어떤 연유인지는 나도 잘 모르겠네만."

그러자 옆에 있던 명림하와 명림성 역시도 이구동성으로 말하기 시작했다.

"오라버니. 부디 긍정적인 답을 해 주세요. 아버님은 정말로 훌륭한 분이셔요."

"맞습니다 형님. 우리 삼남매가 다시 한 가족의 울타리 안으로 들어올 수 있다면 얼마나 좋겠습니까?"

만약 추이가 회귀하기 전이었다면 이런 상황을 거절할 리가 없었을 것이다.

하지만.

지금의 추이는 가족이라는 몽글몽글한 것과는 영 거리가 멀다.

한평생을 가족 없이 부평초처럼 살아온 인생, 이제 와서 어딘가에 적을 두고 궁둥이를 붙이는 것은 성미에 맞지 않는다.

"지금은 안 돼."

추이치고는 꽤나 조심스러운 거절이었다.

"해야 할 일이 많다."

"그럼 해야 할 일을 다 끝낸 다음에요."

"……."

명림하의 말에 추이는 다시 한번 입을 다물었다.

그리고 이내, 천천히 고개를 끄덕였다.

"그 이후에 한번 생각해 보마."

일단 반은 긍정을 이끌어 낸 셈인지라 명림하와 명림성의 표정은 밝다.

명림우조차도 흐뭇한 표정으로 고개를 끄덕이고 있었다.

이윽고, 추이는 난간에서 몸을 뗐다.

그리고 명림하와 명림성을 향해 말했다.

"예전에 경고했었던 것을 결코 잊지 말아라."

"네. 성벽 경계를 철통같이 하고 오가는 이들의 신분증과 통행패를 철저하게 확인하라는 것 말씀이시죠? 물론이어요. 원래도 그렇게 해 오고 있었지만 더더욱 그렇게 할게요."

명림하는 씩씩한 표정으로 고개를 끄덕인다.

철저한 변법을 제정, 시행해 온 그녀가 살아남아 자리를 지키게 되었으니 아마 세외의 마인들이 중원으로 몰려들기는 어려워질 것이다.

애초에 관의 검문 단계에서부터 막혀 버릴 테니까.

추이는 고개를 끄덕였다.

관에서의 볼일은 이것으로 모두 끝났다.

이제 머지않아 정도회맹이 열린다.

그리고 그 정도회맹에는 틀림없이 마(魔)가 낄 것이다.

추이는 곧 벌어지게 될 끔찍한 혼란을 눈앞에 그리며 생각했다.

'……아는 얼굴들을 많이 볼 수 있겠군.'

재회가 기대되는 인연들이 몇 있었다.

홍문연(鴻門宴)

섬서의 홍문(鴻門).

한 폭의 그림처럼 펼쳐져 있는 절벽가 앞에는 얕은 강물이 흐른다.

주상절리(柱狀節理)들이 병풍처럼 둘둘 두르고 있는 우각호(牛角湖)의 바깥쪽.

호의 안쪽에는 긴 천막들이 줄지어 설치되어 있는 것이 보인다.

수없이 많은 이들이 분주하게 천막을 설치하는 동시에 안쪽으로 음식들을 나르고 있었다.

정도회맹(定道會盟).

이는 남궁세가에서 매해 개최하는 삽혈맹세(歃血盟誓)의 자리와도 그 성격이 비슷하다.

다만 규모가 차원이 다르게 클 뿐.

이 정도회맹은 정도십오주의 저명인사들이 한데 모여 친목을 다지는 자리이자 새로 선출된 무림맹주가 천하에 자신의 신분을 공표하는 자리이기도 한 것이다.

먼 옛날, 아주 초대 무림맹주와 초대 천마가 동귀어진했다고 알려져 있는 장소 홍문(鴻門).

그런 역사가 있는 이곳에서 오 년에 한 번씩 개최되는 이 정도회맹은 정도의 세력들에게 있어 아주 중요한 자리였다.

물론, 이곳에는 정도의 무림인들만 오는 것은 아니었다.

"오오– 과연. 정파의 유명한 협객들이 다 모여 있군."

"이곳에 오기를 잘했어. 눈이 호강하지 않나."

"한동안 이야깃거리가 넘쳐 나겠어."

오늘 정도회맹을 구경하러 온 일반 관중들의 숫자는 무려 십만 명에 육박한다.

오 년 전의 정도회맹과 비하면 족히 세 배도 넘어가는 숫자였다.

또한 정도십오주의 각 문파에서는 각기 수십 명에서 수백 명의 사용인들까지 데려온 터라 그 규모는 점점 불어나면 불어났지 줄어들지는 않고 있었다.

……그리고.

인산인해 속에서도 한 구역을 통째로 차지하고 있는 사람들이 있었다.

바로 등천학관의 생도들이었다.

독왕 당결하를 위시한 등천학관 무리는 정도회맹의 가장 안쪽에 자리를 잡았다.

"흐아암~ 귀찮아 죽겠네."

당결하는 만사 귀찮다는 듯 의자에 앉아 늘어진다.

옆에 있던 구예림이 그녀를 타박했다.

"제발 좀 위엄을 지키시지요, 학장님. 정도십오주의 거목들이 한자리에 있습니다."

"거목? 어디? 내 눈에는 새싹들만 잔뜩 보이는데?"

"……이따가 무림맹주님이 연설하실 때는 그런 말씀 하시면 안 됩니다."

힌편, 정도회맹을 건하 온 등천학관의 생도들은 매우 흥분해 있었다.

"세상에! 무당파의 철포도장(鐵蒲道長)이잖아!"

"우와, 곤륜파의 유운검협(流雲劍俠) 태경자 도인이다."

"공동파의 태을칠성검(太乙七聲劍) 장혁진 대협도 오셨어."

"저들이 소문으로만 듣던 소림의 무적십삼나한(無敵十三羅漢)들인가. 과연 기세가 대단하군."

항상 풍문으로만 들어 왔던 강호의 선배, 대선배들을 실제로 직접 보게 되었으니 가슴이 뛰는 것은 당연한 일이었다.

……하지만.

뭐니 뭐니 해도 이 십수만 관중들의 이목을 한 번에 잡아 끄는 주인공은 따로 있었다.

"저기! 나오신다!"

"새로운 무림맹주님이셔!"

"화산파의 매화검제 미경평 님이다!"

수많은 군웅들의 환호를 받으며, 한 사람의 미남자가 단상으로 올라섰다.

나이를 먹은 것은 머리카락뿐, 곱게 빗어 넘긴 뒤 기름을 바른 백발이 햇빛에 빛나 반짝인다.

단정하게 다듬은 수염과 수려한 이목구비는 그를 마치 도원경의 신선처럼 보이게 만들었다.

더군다나 살짝 바른 분에 옅은 눈화장, 화려한 옷까지 더해진 그의 외모는 그야말로 미중년의 표상 그 자체였다.

매화검제(梅花劍帝) 미경평(半競坪).

그는 화산파의 전대 장문인이자 이번에 새롭게 선출된 무림맹주였다.

그는 어려서부터 천 년에 한 번 나올까 말까 한 인재라는 소문의 주인공이었고, 화산파에 존재하는 모든 절세무공과 천고영약을 한 몸에 몰아 받았던 기대주였다.

즉, 한 문파가 총력을 들여 키워 낸 걸물 중의 걸물이라는 뜻이다.

비범한 재능에 막강한 뒷배.

그것들이 더해진 성과가 있었던지, 미경평은 어느덧 천하 제일을 넘볼 수 있을 정도의 실력자가 되었다.

그렇게 해서 붙여진 별명이 바로 매화검제(梅花劍帝).

정도무림에 존재하는 삼왕오제(三王五帝)의 일인이었다.

그를 두고 호사가들은 많은 이야기를 쏟아 내었다.

"검제(劍帝)의 실력은 이제 삼왕(三王)의 아래가 아니라고 봐 야지."

"에이, 이 사람아. 아무리 그래도 서열이 명확한데. 삼왕 (三王)의 아래가 오제(五帝)잖나."

"어허− 매화검제가 누군가? 오제의 서열 일 위가 아닌가? 그럼 삼왕의 말석에 있는 자와는 적어도 겨루어 볼 급이 되 겠지."

"그런가? 들어 보니 그것도 그러네. 삼왕의 말석이라면 오 제의 서열 첫째가 넘볼 법도 해. 그럼 삼왕오제(三王五帝)가 아 니라 사왕사제(四王四帝)가 되나?"

"내가 보기엔 그것도 아니야. 매화검제의 실력은 이미 삼 왕의 경지를 넘었어. 따로 분류해야 돼."

매화검제 미경평은 오제의 첫째 서열로 손꼽히고는 한다.

그런 검제의 실력이 삼왕과 견주어 떨어질지, 떨어지지 않 을지가 호사가들의 관심사였다.

이런 상황 속에서 검제 미경평이 입을 열었다.

"우선. 이곳에 모여 주신 영웅 동포 여러분들께 감사의 뜻을 표합니다."

그의 목소리에는 내공이 담겨 있어서 아주 멀리까지 또렷
하게 전달되었다.

맨 앞자리에 있는 자와 맨 뒷자리에 있는 자 사이의 거리
를 생각해 보면, 그들이 똑같은 음성의 목소리를 듣고 있다
는 것은 실로 경이로운 일이었다.

"여기 모인 분들은 모두 알고 계실 것입니다. 먼 옛날, 최
초의 무림맹주님께서는 최초의 천마와 자웅을 겨룬 끝에 바
로 이곳에서 동귀어진하셨습니다."

그의 목소리는 낮았지만 굵었고, 떨렸지만 또렷했다.

"그리고 지금. 우리는 최초의 무림맹주께서, 그리고 역대
무림맹주들께서 지켜왔던 이 중원이 다시금 혼란에 빠지기
직전임을 알고 있습니다. 북쪽에서는 사도가 패악질을 일삼
고, 서쪽에서는 마도가 창궐하고 있으며, 동쪽에서는 오랑캐
들이 기승을 부리고 있는 와중입니다. 이에 우리는 일치단결
해야 합니다. 조상 대대로 수호해 왔던 자유와 질서, 균형을
유지하기 위하여 우리 스스로를 봉헌해야 하는 것입니다. 오
늘 이 늙은이가 당부하고 싶은 말은 이것 하나입니다. 그 뒤
부터는 행동으로 보여 드리겠습니다."

이윽고, 군중들이 가장 기대하던 순간이 왔다.

역대 무림맹주들은 항상 홍문의 절벽 앞에서 자신의 무위
를 뽐내 왔다.

그것이 검무(劍舞)가 되었든, 비무(比武)가 되었든, 아니면 그저 내공을 발산하여 무언가를 부수는 것이 되었든 말이다.

거대한 절벽 앞에 선 미경평은 허리춤에서 검을 빼 들었다.

일곱 개의 붉은 보석이 박혀 있는 보검.

화산파에서 가장 뛰어난 검수들에게만 내려진다는 매화칠검(梅花七劍) 중에서도 가장 유명한 '매화대랑검(梅花大郎劍)'이었다.

미경평은 그 검을 가로뉘인 채 내공을 불어 넣었다.

츠츠츠츠츠츠츠……

검극에서부터 발(發)하기 시작한 검기는 기체처럼 피어오르다가, 이내 액체처럼 뚝뚝 떨어지다가, 결국은 고체처럼 쭉쭉 뻗어 나간다.

그것을 본 군중들은 경악했다.

심지어 정도십오주의 명사들 중에서도 놀라 감탄하는 이들이 속출하고 있었다.

"저, 저건 검기(劍氣)?"

"검기가 아니라 검루(劍淚)다!"

"틀렸어! 저건 검루가 아니야! 저건…… 저건 검강(劍罡)이야!"

초절정의 벽을 넘어서야만 발현할 수 있다는 것이 고체 형태의 검기, 즉 검강이다.

매화검제 미경평.

그는 자신의 무위를 만천하에 떨치며 앞으로 나아갔다.

부—웅!

미경평의 칼이 허공을 세로로 쪼개듯 그어졌다.

위에서 아래로, 마치 벼락처럼 떨어져 내리는 일격.

…번쩍!

그것은 환한 빛무리처럼 폭사되어 눈앞에 있는 절벽을 향했다.

콰—콰콰콰콰콰콰콰콰쾅!

군웅들은 저도 모르게 뒤로 두어 발짝 물러났다.

시야를 뒤덮는 흙구름이 바람에 쓸려 가고 난 뒤, 모든 이들은 기겁할 수밖에 없었다.

풍경이 변했다.

미경평이 쏘아 보낸 검강은 절벽을 세로로 깊게 쪼개 버렸다.

절벽에는 마치 용이 승천한 것 같은 굵고 긴 검흔이 남았다.

한편, 호사가들은 입을 모아 외쳤다.

"절벽가의 풍경을 통째로 바꿔 버리다니! 역시 매화검제다!"

"역대 무림맹주님들의 장기도 화려했는데, 이것은 정말 명불허전이로군!"

"역시나! 검제의 힘은 결코 삼왕의 아래가 아니다! 삼왕은 이제 사왕으로 불려야 해!"

절벽을 쪼개고 강물을 갈라 버리는 신위(神威)에 모든 군웅들이 감탄한다.

심지어 정도십오주 소속의 명사들마저 입을 모아 탄성을 지르고 있는데 일반인들이야 오죽하겠는가.

무공을 모르는 일반인들의 눈에는 절벽 앞에 서 있는 매화검제가 신으로 보일 것이다.

"크흠!"

미경평은 헛기침을 통해 다시 한번 세간의 이목을 자신에게로 집중시켰다.

그는 이마에 송글송글 맺힌 땀을 닦아 내고는 우렁차게 외쳤다.

"보아라! 무림맹주의 무위가 이 정도다! 누구든 절벽에 이정도 흔적을 남겨 놓을 정도의 검술을 지녀야 맹주의 자리에 앉을 수 있을 것이다!"

더없이 달아오른 흥과 웅장한 호연지기에 취했음일까?

미경평은 원래의 대본에 없던 호언까지 해 가며 정도회맹의 분위기를 끌어올리고 있었다.

바로 그때.

"후후후후……."

군중들 속에서 낮은 웃음소리가 들려왔다.

수만, 수십만의 인파들 한가운데에서도 또렷하게 들려오는 그 비웃음은 매화검제 미경평의 귀에도 들어갔다.

"……?"

미경평이 고개를 돌렸다.

그의 시선이 닿은 곳의 군중들 사이에서 조금씩 조금씩 불평이 새어 나온다.

"아, 뭐야. 누가 밀어?"

"거기 외팔이! 밀지 마라!"

"왜 자꾸 꾸역꾸역 비집고 앞으로 가?"

한 명의 사내가 군중들 사이를 걸어오고 있었다.

남루한 행색, 봉두난발(蓬頭亂髮), 왼팔이 있어야 할 옷소매가 헐렁하게 축 늘어져 있는 것이 보인다.

"귀찮다."

외팔 사내가 나지막하게 읊조렸다.

바로 그 순간.

"컥!?"

"케헥!"

"꼬르륵……"

외팔 사내의 주변에 있던 군중들이 게거품을 물며 쓰러지기 시작했다.

일반인들뿐 아니라 무공을 익힌 이들 역시도 마찬가지였다.

동시에.

스르릉―

사내는 오른손으로 좌측 허리에 메여 있던 칼을 뽑아 들었다.

칼집에서 나온 칼은 이가 죄다 빠져서 거의 톱날처럼 보일 지경이었다.

"이보시오! 이 무슨……!"

주변의 화산파 도인들이 외팔 사내를 꾸짖으려 하는 순간.

…번쩍!

외팔 사내가 별안간 칼을 휘둘렀다.

그 방향은 앞쪽에 있는 주상절리, 방금 전 미경평이 칼을 휘둘렀던 절벽이었다.

이윽고.

콰―콰콰콰콰콰콰콰콰쾅!

무시무시한 굉음과 함께 버섯 모양의 흙구름이 피어올랐다.

그 뒤, 정도회맹에 모인 모든 군중들은 경악을 금치 못했다.

"……그럼 나도 무림맹주 할 수 있나?"

절벽에는 매화검제 미경평이 남겨 놓은 것과 똑같은 크기의 검흔이 새겨져 있었던 것이다.

"크크크― 왜 대답을 못 하지?"

왼팔이 없는 검객.

그는 주변으로 몰려든 고수들을 비웃으며 재차 물었다.

"어떠냐. 나 정도면 무림맹주를 해 먹을 수 있겠느냐?"

화산의 도사들을 비롯한 모든 이들이 침음을 삼킨다.

갑자기 나타난 정체불명의 초고수.

그 무력은 무려 검제(劍帝)에 필적하는 것이기에 그 누구도 감히 함부로 나설 수 없다.

그때.

"허허허―"

연단에서 웃음소리를 흘리는 이가 있었다.

매화검제 미경평. 그가 갑자기 나타난 검호를 향해 미소 짓고 있는 것이다.

"검의 길을 걷는 자로서 이 정도 수준의 검객을 만날 수 있다는 것은 큰 홍복이지."

미경평은 기세를 발산했다.

그러자 봉두난발의 사내가 뿜어내고 있던 기세가 일순간 중화되어 사라졌다.

압도되어 있던 좌중들은 그제야 겨우 숨을 돌릴 수 있었다.

이윽고, 미경평은 연단에서 훌쩍 뛰어올라 낯선 사내의 앞으로 떨어져 내렸다.

두 개의 거대한 기가 서로 충돌한다.

한 마리 고고한 학처럼 내려앉은 미경평과 온몸에 피를 잔

뚝 묻힌 수리처럼 서 있는 괴인.

그 둘의 기세가 부딪칠 때마다 바닥과 대기에 쩍쩍 금이 가고 있었다.

"이곳은 신성한 정도회맹의 터. 발언을 하려면 최소한 출신과 별호 정도는 밝히는 것이 예가 아닐까 하오."

"출신은 해남도(海南島). 중원에서의 별호는 없다."

미경평과 괴인의 대화가 짧게 오갔다.

괴인의 대답을 들은 미경평의 미간이 살짝 찡그려졌다.

'해남도면 세외가 아닌가? 게다가 별호조차 없다니.'

그의 뛰어난 두뇌가 빠르게 돌아간다.

'별호조차 없는 무명소졸이지만 무위는 오제(五帝)에게 필적한다라…… 아주 까다롭고 귀찮은 상대로군. 이기면 본전이고 지면 큰 손해. 게다가 나는 그동안 수없이 연구되었으나 저 치는 아무것도 알려진 바가 없다. 일대일로 겨루어 봤자 좋을 것이 아무것도 없는 일이다.'

해남도는 바다를 한참이나 건너가야 나오는 섬이다.

그곳에는 폐쇄적이고 독자적인 무림이 형성되어 있으며 사용되는 검술은 중원의 것보다 훨씬 더 잔혹하고 실용적인 것으로 알려져 있다.

미경평은 짐짓 너그러운 태도를 취하며 말을 이었다.

"모든 일에는 과정과 절차라는 것이 있는 법. 오늘 본 맹주가 그대에게 가르침을 청하기에는 날과 장소가 좋지 않소.

비무를 원한다면 추후 다시 날을 정해서 겨루도록 합시다. 조상들의 혼이 깃들어 있는 신성한 장소에서 소란을 일으켜서야 되겠소?"

은근슬쩍 일대일 비무를 피하면서 조상들에 대한 예의를 구실로 가져다 댔다.

이렇게 되면 낯선 자가 무서워서 피하는 것이 아닌, 낯선 자가 성지를 훼손할까 염려되어 피하는 그림이 되기 때문이다.

그리고 이 말은 어느 정도 사실이기도 했다.

미경평은 온화한 미소를 머금고 있었으나 속에서는 천불이 끓고 있었다.

'정도회맹이 끝난 다음에 아주 자근자근 밟아 주리라. 건방진 오랑캐 놈.'

이윽고, 미경평의 눈짓을 받은 화산파의 도인들과 무림맹의 위사들이 괴인의 앞을 막아섰다.

그들은 미경평과 괴인의 기세에도 꿈쩍하지 않고 자리를 지킬 수 있을 정도의 고수들이었다.

"예의를 지키시오."

"물러나지 않으면 피차 좋은 일이 없을 것 같소이다."

"맹주와의 비무를 원한다면 추후 일정을 따로 잡으시길."

"맹주님은커녕 지금 나와 당장 칼을 맞대지 않는 것을 다행으로 여겨야 할 것이오."

여러 명이 한 명을 핍박하는 모양새이긴 하지만 다수인 쪽에게도 명분은 있다.

이곳이 훼손되어서는 안 되는 성지이기 때문이다.

이윽고, 괴인은 홀로 수많은 검객들과 대치하는 모양새가 되었다.

……바로 그때.

"보아하니 비무를 지금 당장 하고 싶은 것 같은데. 내가 조금 도와줄 수 있을 것 같군."

군중들 사이에서 별안간 한 남자가 걸어 나왔다.

다른 사람들보다 족히 두 배는 더 큰 거구의 사내.

그는 너덜너덜해진 분소의를 걸쳤고 목에는 커다란 염주를 주렁주렁 늘어트리고 있었다.

민머리의 거구가 말했다.

"이곳에는 내가 미리 몇 가지의 기관진술식을 설치해 두었다. 자, 상관없는 것들은 빠져라."

순간, 자연에 흐르고 있던 기(氣)들이 전부 거꾸로 흘러가기 시작했다.

"윽!?"

"커헉!"

"으으윽!?"

해남도의 검객을 가로막고 있었던 도사들이 별안간 구역질을 하며 뒤로 물러난다.

단전 속에서 끓어오르던 내공이 별안간 흙탕물처럼 흐리게 변해 버렸기 때문이다.

단전 제일 밑바닥에 가라앉아 있던 불순물이 혈맥을 타고 도니 일순간 거부반응이 일어나는 것은 당연한 일이다.

바닥에는 복잡한 술식들이 그려진 마방진이 불길한 빛을 내뿜고 있었다.

저벅— 저벅— 저벅— 저벅—

내공을 쓰지 못하게 된 도사들의 사이를 괴승(怪僧)이 태연하게 걸어간다.

"기관진식을 유지할 수 있는 시간은 얼마 안 된다. 비무를 원한다면 지금 해라."

"흐음— 고맙다 땡중."

해남도의 괴인이 씩 웃으며 매화검제를 돌아본다.

미경평의 안색이 딱딱하게 굳었다.

"네놈들. 마두(魔頭)였구나."

"이제 알았나? 무림맹주치고는 참으로 멍청하군."

괴승의 비웃음은 단지 미경평 한 사람만을 도발한 것이 아니었다.

정도십오주의 거목들이 일제히 몸을 일으켰다.

"어딜 감히 마두 놈들이……."

"한 놈도 살려 보내지 않으리라."

"마교에서 온 척후병들이 아닐까 싶군요."

"뭐가 됐든 간에, 간덩이가 부을 대로 부었군."

"감히 신성한 정도회맹의 성지에 발을 디뎌 놓다니."

그들이 막 앞으로 나서려는 순간.

촤—악!

별안간 지면 이곳저곳에서 독기운이 치솟아 오르기 시작
했다.

"킥킥킥킥킥—"

자욱하게 피어오르는 독무 너머로 또다시 괴승 하나가 나
타났다.

그는 내공을 진탕시키는 산공독을 바람에 흘려보내고 있
었는데 이는 일전에 등장했던 괴승의 기관진식과 더불어 그
효과를 배가시키고 있었다.

그제야 정도신오주의 명사들은 알 수 있었다.

이들은 즉흥적으로 시비를 걸러 온 이들이 아닌, 지금 이
순간을 철저하게 준비해 온 마인들이라는 것을 말이다.

"이놈!"

미경평이 칼을 뽑아 들었다.

그가 막 허공을 향해 참격을 날려 보내려는 순간.

"호호호— 조심성이 없구나."

뒤에서 간드러지는 듯한 웃음소리가 들려왔다.

미경평이 황급히 고개를 돌린 곳에는 하얗게 빛나는 손바
닥 하나가 날아들고 있었다.

쩌-억!

백발의 여인 하나가 손바닥을 휘둘러 미경평을 뒤로 밀어냈다.

그녀는 미경평의 칼을 후려친 반탄력을 이용해 허공으로 날아올랐고 이내 해남도 출신 괴인의 옆에 내려섰다.

독무와 기관진식으로 인해 정도십오주의 대부분은 저쪽에 고립되어 있다.

이윽고, 매화검제 미경평을 둘러싼 네 명의 괴인이 자신을 소개했다.

"아까 말했지? 해남도 출신이다. 그곳의 무림에서는 해남검귀(海南劍鬼)라는 별호로 불리기는 했지."

봉두난발의 사내가 칼자국투성이의 얼굴을 들어 눈을 빛낸다.

그 옆으로 독안개를 뿌렸던 왜소한 체구의 괴승이 섰다.

"킥킥킥- 나는 천축(天竺)에서 왔다네. 대뢰음사라고 들어 보았는가?"

세외무림의 밀교사찰 중 하나인 대뢰음사가 언급되자 주변에 있던 무림명사들의 표정이 어두워졌다.

그들이 사용한다는 마독(魔毒)은 중원의 것보다 몇백 년은 앞서 있다고 알려져 있기 때문.

일전에 오독교의 난이 일어났을 때보다 여기 대뢰음사의 괴승 하나가 더 위험할 수도 있는 것이다.

"중원에 독왕(毒王)이 있다고 하던데, 대체 어느 정도길래 감히 그따위 오만한 별호를 쓰는지 내 시험해 보러 왔다네. 킥킥킥—"

대뢰음사의 괴승은 어깨를 들썩이며 비웃음을 흘렸다.

그러자 그 뒤에서 거대한 체구의 괴승이 몸을 일으켰다.

맨 처음 기관진식을 전개했던 자였다.

"나는 포달랍궁에서 왔다. 액이덕니(額爾德尼)라 하지. 중원의 소림승들과 주먹을 겨루어 보고 싶어서 왔다."

마지막으로 백발의 여인이 앞으로 나섰다.

그녀는 아까 전에 단 한 수로 매화검제를 저 뒤로 날려 버렸던 인물이었다.

"나는 북해빙궁(北海氷宮)의 북궁상(北宮霜)이다. 언니를 찾으러 한해(翰海)를 건너왔다가 여기에 합류하게 되었지. 듣자하니 네놈들 무림맹이 언니를 죽였다면서?"

북해빙궁이라는 이름이 나오자 주변에서 술렁거림이 심해졌다.

한때 중원을 피로 물들였던 흉명이기에 그렇다.

이윽고, 네 명의 마인들이 본격적으로 전투를 준비하기 시작했다.

불과 넷뿐이었지만 그 하나하나가 오제(五帝)에 필적하는 고수들인 만큼, 그 위험성은 막대한 것이었다.

해남도, 포달랍궁, 대뢰음사, 북해빙궁의 마인들은 일제히 매화검제 미경평을 둘러쌌다.

"나와 싸우지 않는 한 이 기관진식은 풀어지지 않을 것이다."

"그뿐일까? 내 독에 중독된 놈들 역시도 모조리 폐인이 되어 버릴 게야."

"나는 밖으로 나가서 소림승들을 다 때려죽일 테다."

"본녀는 언니의 원수만 갚으면 돼. 맹주의 목만 따면 용건 끝이다."

미경평은 식은땀을 흘렸다.

싸우자니 위험하고, 물러서자니 측근이 위험하다.

보는 시선들이 너무 많아서 빼는 것도 불가능했다.

결국 선택지는 하나였다.

"일대일이라면 좋다. 차륜전도 상관없지."

"좋아. 그럼 내가 먼저 하마."

이에 해남검귀가 앞으로 나섰다.

중원의 검제(劍帝)와 해남의 검귀(劍鬼).

바야흐로, 검의 길을 걷는 구도자 간의 생사결이 이루어지려 하고 있었다.

'……어수선하군.'

추이는 정도회맹 중앙부에서 벌어지는 소란을 잠자코 지 켜보고 있었다.

새외무림(塞外武林)의 마인들.

그들은 중원 바깥의 무림에서 흘러들어온 오랑캐이자 위 협들이다.

추이는 회귀하기 전 저들 중 대부분을 만나 본 적 있었고 그중 한 명과는 생사결을 벌이기도 했었다.

'하지만 원래 저들이 등장하는 시기는 훨씬 뒤였다.'

세외마인들이 등장할 시기가 대폭 앞당겨졌다.

이것은 무엇을 의미하는가?

'원래대로라면 여기서 마교가 나타나서 무림맹주를 암살 해야 하지만……'

지금 저 세외의 마인들은 분명 미교가 아닌 다른 세력의 사주를 받고 움직이는 것이 틀림없었다.

그리고 현재, 저렇게 다양한 세외의 마인들을 한 곳에 불 러 모을 수 있는 자는 추이가 알기로 단 한 명뿐이다.

'이 변화는 필시 홍공의 짓이겠지.'

추이는 동생들이 건네준 성문 출입자 기록을 면밀하게 살 펴보았기에 어느 정도의 흐름은 파악하고 있었다.

관의 협조를 얻어 통행증 검사를 철저하게 한 결과, 지금 이 자리에 등장한 마인들의 숫자를 크게 줄여 놓은 것도 추 이였다.

'……그렇다면 이제 홍공의 노림수를 하나하나 제거해야 한다.'

오제(五帝)급의 마인 넷이 나타난 것은 충분히 엄청난 일이지만, 이곳은 정도회맹의 한복판.

정파의 난다긴다하는 고수들이 대부분 모여 있는 곳이다.

특별한 이변이 없다면 저 소란은 곧 진압될 것이 분명했다.

……'특별한 이변'이 없다면 말이다.

'어디냐.'

추이는 '진짜'를 찾고 있었다.

시선을 한 곳으로 유인하기 위한 네 마리의 미끼에서 눈을 떼고 그 미끼를 풀어 놓은 자를 찾는다.

저 소란스러운 군중들 속 어딘가에 홍공이 있다.

오늘 반드시 죽이리라.

삼왕오제(三王五帝).

정도십오주의 정점, 현 무림의 최강자들이라 일컬어지는 팔 인의 위대한 무인들.

하지만 그들 가운데에도 서열이라는 것은 존재했다.

삼왕(三王) 위에 있고 그 아래에 오제(五帝).

그리고 매화검제 미경평은 그 오제 중에서도 가장 뛰어난 인물이었다.

…번쩍!

매화검이 빛살처럼 움직이며 꽃과도 같은 궤적을 그려낸다.

이십사수매화검법(二十四手梅花劍法).

그중에서도 여덟 번째 초식인 매화혈우(梅花血雨).

젊은 시절의 미경평을 '화산제일검'이라는 별호로 불리게 만들어 주었던 초식이다.

촤촤촤촤촤촤촤촥!

대기가 수십, 수백, 수천 겹으로 쪼개지는가 싶더니 이내 낙화처럼 분분하게 흐드러진다.

보는 이로 하여금 절로 넋을 잃게 만드는, 실로 아름다우면서도 몽환적인 풍경이었다.

하지만.

콰─직!

화려하게 나부끼는 매화잎들은 이내 사나운 칼바람에 찢겨 사라진다.

해남도의 검귀(劍鬼).

그가 휘두르는 장검은 미경평이 흩뿌린 꽃잎을 움썩움썩 잡아먹으면서 기세를 더욱 불려 나가고 있었다.

핏─

미경평의 뺨에서 핏물 한 방울이 튀었다.

'……빌어먹을.'

미경평은 짐짓 여유 있는 표정을 유지하면서도 속으로 욕지거리를 내뱉었다.

'검과 검이 마주칠 때마다 단전 속이 진흙탕으로 변하는 것 같다. 어디서 이런 괴물이 튀어나왔단 말인가?'

합을 부딪치고 있는 사람이 제일 잘 안다.

검귀의 실력은 진짜배기였다.

그의 칼날에서 전해져 오는 내력의 줄기에 닿으면 이쪽의 내력 역시도 사정없이 떨리고 진동한다.

마치 작은 널빤지 위에 선 채로 미친 듯이 몰아치는 파도를 견뎌 내는 느낌이랄까?

'구토가 나올 것 같군.'

미경평은 이를 악물고 뒤로 물러났다.

배를 처음 탔을 때 느꼈던 끔찍한 경험이 되살아난다.

몇 번이고 토한 뒤에 하루 종일 드러누워 있어야만 했던 그때의 기억이 말이다.

'하지만 요동치는 것은 저놈의 내공 역시도 마찬가지다. 한데 저놈은 어째서 이렇게 태연하지?'

미경평은 이 상황을 이해하지 못하고 있었다.

검귀가 내공을 뿜어내는 방식은 공기를 밀폐된 통에 집어넣고 계속해서 가열하는 것과도 같다.

그렇게 해서 내공을 순간적으로 강하게 폭발시키는 것.

하지만 그 과정에서 통은 터지거나 부서지고 최소한 이리저리 흔들리기라도 한다.

미경평 역시도 그 때문에 뱃멀미와도 비슷한 증상을 겪고 있는 것이고.

그러나 검귀는 이 극도로 불안정한 내공의 기류 속에서도 차근차근 거리를 좁혀 오고 있었다.

"내가 어떻게 격랑 속에서도 평정심을 유지하는지 궁금한가?"

"……."

검귀는 미경평을 향해 말을 이었다.

"해남도의 어린아이들은 첫돌을 맞기 전부터 배에 오른다. 걸음마보다 체엄을 먼저 익히는 녀석들도 있지. 그게 남해의 사나이들이야."

검귀가 순간 초식을 거꾸로 뒤집었다.

역수로 움켜쥔 칼날이 대각선으로 비스듬하게 기울어졌다.

좌에서 우로 반전된, 그리고 위와 아래가 뒤집힌, 실로 기괴막측한 검법이 펼쳐지고 있었다.

남해삼십육검(南海三十六劍).

철저하게 바다 위의 살인에만 그 목적을 둔, 짜고 비린 검법이었다.

촤—아아아아악!

칼끝에서 뻗어 나온 검루가 마치 암초에 닿아 부서지는 낭화(浪花)처럼 피어난다.

매화와 낭화.

서로 다른 성질을 가진 두 종류의 꽃잎들이 한데 흩어져 나부끼는 환경은 가히 비현실적이었다.

핏—

미경평의 옥처럼 매끈하던 뺨에 또 한 줄기, 혈흔이 그어졌다.

검귀가 이죽거렸다.

"왜구들을 베며 익힌 초식인데, 마음에 드나?"

"……."

미경평은 대꾸하지 않은 채 칼끝을 휘저어 바람을 일으킨다.

칼날 못지않게 날카로운 검풍이 검귀의 귓바퀴를 살짝 깎아 냈다.

"마두들을 베며 익힌 초식인데, 마음에 드나?"

"……."

아까 검귀가 했던 말을 그대로 돌려주는 미경평이었다.

키리리릭—

도발하기가 무섭게, 검귀의 톱날검이 매화잎들을 찢어발기며 날아든다.

미경평은 검귀의 살초들을 막아 내며 이를 악물었다.

'……제기랄. 이래서 무명의 대마두는 상대하기가 곤란하다. 알려진 것이 없어서 공략법과 대비책도 없어.'

미친 듯이 몰아치는 해풍에 매화잎들도 점점 사그라들고 있었다.

미경평은 검귀로부터 거리를 벌리며 생각을 이어 나갔다.

'싸우면서 알아가는 수밖에 없는데, 뭔가를 알아내고 나면 이미 치명상을 입고 난 뒤다.'

검귀의 검법은 너무나도 빠르고 흉폭해서 도무지 틈을 내주지 않는다.

한 걸음을 들어가서 살펴보려면 어김없이 살점 한 덩이를 내놓아야 하는, 말하자면 지불해야 하는 대가가 확실한 검법.

……하지만 불평하다고 해서 접어 줄 상대가 아니다.

미경평은 결국 매화검법 최후의 초식을 시전했다.

매화만리향(梅花萬里香).

냄새를 맡은 시점에는 이미 만 리 밖의 저승에 도달해 있다는 화산파 궁극의 오의.

그것이 검귀가 만들어 내고 있는 광풍과 맞부딪쳤다.

…번쩍!

매화의 폭풍이 온 세상천지를 가득 채운다.

그것은 광풍에 휩쓸려 피어나는 낭화들마저 전부 삼켜 버리고 검귀의 몸마저 매화빛으로 물들이고 있었다.

검귀는 톱날검을 휘둘러 꽃의 소용돌이에서 빠져나왔다.

그리고 그 역시도 지금껏 쓰지 않았던 패를 꺼내 들었다.

낭화노도검(浪花怒濤劍).

남해삼십육검(南海三十六劍)에서 가장 구현하기 어렵지만 제대로 구현만 한다면 죽이지 못할 것이 없다는 최후의 살초.

다시 한번, 매화와 낭화가 사납게 뒤엉킨다.

콰─쾅!

결과는 놀랍게도 호각.

검제의 참격은 검귀의 참격과 맞부딪쳐서 산산조각으로 부서져 산화하고 말았다.

그것을 본 검귀가 탄성을 내뱉었다.

"과연. 맹주를 할 실력은 되는군. 나 역시도 남해의 일부 지방에서는 살아 있는 검신(劍神)으로 추존되는 몸이거늘."

"신이라. 광오하기 짝이 없구나, 이놈!"

미경평은 호통쳤다.

하지만 그것은 저릿하게 마비된 오른팔을 숨기기 위한 허장성세였다.

검귀는 비릿하게 웃으며 몸을 낮추었다.

"맹주. 그대는 조심성이 많아서 공식 석상에는 거의 모습을 드러내지 않지."

"……."

"그래서 정도회맹이 열리는 오늘만을 기다려 온 것이다.

이때가 아니면 기회가 없을 것 같았거든."

"……."

"부하들은 위함관의 관문에 걸려서 들어오지 못했지만, 나 혼자서도 충분하다. 오늘 해남무림이 중원무림을 접수하고 검의 역사를 다시 쓴다."

동시에 검귀의 몸에서 창해처럼 푸른 내공이 줄기줄기 폭사되어 나왔다.

아무래도 검귀가 진짜 실력을 드러내려는 모양.

결국 미경평도 결정을 내려야 했다.

'힘을 아껴 가면서는 이길 수 없다.'

무림에서는 실력의 삼 할을 숨겨 놓으라는 격언이 있다.

그 말대로, 지금껏 미경평은 최후의 무기를 남겨 놓은 채로 결전에 임했다.

하지만 이제는 다르다.

비장의 힘을 쓰지 않는다면 눈앞에 있는 검귀의 톱날검에 죽을 수도 있는 것이다.

쿠-으으으으으으!

미경평도 기운을 일으켰다.

그것을 본 검귀의 눈에 이채가 어린다.

"……호오. 그것이 그 유명한 자하신공인가."

자하신공(紫霞神功).

아주 오래 전의 멸마대전 당시 천마를 상대할 때를 제외하

면 근 일백 년간 세상에 모습을 드러낸 적이 없다는 신공절
학 중의 신공절학.

화산파 최후의 내가오의(內家奧義)가 만천하에 모습을 드러
냈다.

"오라. 마두여."

오제의 장(將), 삼왕의 자리마저 넘보던 매화검제 미경평이
드디어 제 실력의 전부를 꺼내 든 것이다.

꿀순

남궁율. 그녀는 아비규환이 된 등천학관 터를 바라보고 있
었다.

정도회맹을 보러 온 생도들은 이미 도망치느라 정신이 없
다.

저쪽에서는 연신 마인들이 날뛰고 있었고 그들을 제압할
수 있는 고수들은 생전 처음 보는 종류의 독과 기관진식에
당해 전투불능이다.

남궁율은 몸을 빼기로 했다.

지금 이 자리에서 마인들과 맞서 싸워 봤자 죽는 것 말고
는 다른 결과를 기대할 수 없다.

최악의 경우에는 죽는 것을 넘어서 사로잡혀 인질로 쓰일
수도 있으니 이 자리에 없는 것이 오히려 다른 이들을 도와

주는 길이었다.

"모두 방향을 다르게 해서 달려! 독과 기관진식은 이 호숫가만 벗어나면 문제 없……!"

순간, 남궁율의 목소리가 멎었다.

그녀는 어느 순간 발걸음을 멈추고는 뒤를 돌아보았다.

공격을 당한 것은 아니었다.

다만 방금 전 옷깃을 스쳐 간 사람을 보고 멍한 표정을 짓고 있을 뿐.

"……?"

평범한 체격, 평범한 옷, 평범한 봇짐, 평범한 죽립.

모든 것이 평범한 한 남자가 우두커니 서서 마인들이 날뛰는 것을 보고 있다.

그에게서는 아무런 내공두 느껴지지 않는다

그저 정도회맹을 구경하러 온 일반인 그 이상도 이하도 아닌 것 같았다.

……하지만.

그와 옷깃이 스치는 순간, 남궁율은 깨달았다.

차갑다. 그리고 단단하다.

저 평범한 촌부에게서는 살아 있는 인간에게서 마땅히 느껴져야 할 온기나 감촉이 조금도 느껴지지 않았다.

마치 쇠를 깎아 만들어 놓은 조각상인 양, 그는 그렇게 그자리에 붙박인 것처럼 서 있는 것이다.

마치 누군가의 명령이 떨어지기를 기다리듯이.

오싹……

남궁율은 고개를 돌렸다.

우글우글 도망가는 군중들 속, 뻣뻣한 자세로 가만히 서 있는 이들이 언뜻언뜻 보인다.

남자도 있었고 여자도 있었다.

그들은 모두 평범한 체격에 평범한 복장, 그리고 머리에는 죽립을 쓰고 있다.

…파악!

남궁율은 검을 휘둘러 촌부의 죽립을 반으로 갈랐다.

그러자 이내.

"……!"

남궁율은 자신의 판단이 맞았음을 깨달았다.

죽립 안에서 드러난 것은 텅 비어 어둠만이 고여 있는 안와(眼窩)와 하얗게 죽은 얼굴 가죽이었다.

'강시(僵尸)!'

남궁율은 일전에 나락곡의 살수들로 만들어진 강시들과 싸워 봤다.

눈앞에 있는 강시는 그때의 강시와 느낌이 완전히 똑같았기에 바로 알아볼 수 있었다.

"……!"

남궁율의 시선이 다시 군중들을 향했다.

다들 우르르 도망치는 와중에도 여전히 꼿꼿하게 서서 자리를 지키고 있는 강시들.

그것을 보는 남궁율의 등이 식은땀으로 축축하게 젖어 가기 시작했다.

"하, 할아버지…… 할아버지를 찾아야 해……."

하지만 오늘 이 자리에 검왕은 오지 않았다.

그 사실이 남궁율을 절망케 하고 있었다.

바로 그 순간.

…퍽!

먼 곳에서 들려오는 파육음(破肉音)이 남궁율의 시선을 잡아끌었다.

그 소리는 비단 남궁율뿐만이 아니라 그 일대에 있는 모든 이들의 고개를 돌아가게 만든다.

그리고 모든 이들이 지켜보는 한가운데서.

쨍그랑!

매화가 낙화 아래 섧게 졌다.

"커헉!"

매화검제 미경평이 피를 뿜으며 거꾸러졌다.

정도회맹의 한가운데, 모두가 보는 앞에서.

…쿵!

무림맹주가 마두(魔頭)에게 패배하는 순간이었다.

"커헉!"

매화검제 미경평이 무릎을 꿇었다.

그의 입에서 걸쭉한 핏물이 주르륵 흘러내린다.

하지만 미경평의 앞에 선 검귀는 그다지 지친 기색이 아니었다.

"뭐야. 벌써 끝났나? 한창 흥이 오르고 있었는데 말이야."

무림맹주가 무명의 마두에게 패배하는 순간이었다.

"크윽…… 아, 아직 끝나지 않았다."

미경평은 칼을 지팡이 삼아 몸을 일으켰다.

하지만 모를 리가 없다.

싸우는 당사자인 미경평 자신이 제일 잘 알고 있었다.

이미 승부는 났다.

자신은 적의 검을 해석하지 못했고, 적은 자신의 검을 모두 해석했다.

천하의 자하신공까지 끌어올렸음에도 불구하고 검귀가 발하는 노도와도 같은 내력을 감당하지 못했다.

검술에서도, 내공에서도 모두 밀린 것이다.

'……내가 진다면 중원무림도 끝이다.'

미경평은 이를 악물었다.

오제의 서열 첫째 가는 자신이 이토록 일방적으로 밀릴 줄은 상상도 못 했다.

미경평은 내심 자신의 실력이 삼왕을 뛰어넘었다고 생각

하고 있었기에 충격은 더한 것이었다.

천하제일인의 자부심이 어느 날 한순간, 이름도 몰랐던 낯선 이에 의해 깨져 버렸으니 당연한 결과이리라.

'눈앞에 있는 저자가 분명 현시대의 천하제일검일 것이다. 하늘은 어찌하여 나 미검평을 낳으시고 저 검귀를 낳으셨는가!'

미경평은 이를 금이 가도록 악물었다.

하지만 상대가 천하제일검이라 할지라도 물러설 수는 없다.

해남이 걸물을 낳았다는 것은 인정하나 이쪽은 명색이 정도무림의 지존, 중원에서 가장 강한 검객.

결코 이렇게 허무하게 꺾일 수는 없는 것이다.

'움직여라. 움직여!'

미경평은 진흙탕처럼 변해 버린 내공을 안정시키려 애썼다.

그리고 굳어진 몸을 필사적으로 일으켜 검을 들어 올렸다.

검귀의 두 눈이 가늘어졌다.

"그래도 제법 기개는 있구나. 검제라는 별호는 아깝지 않아."

"그대도. 해남에서 검신이라고 불리는 이유를 알겠군."

미경평은 자세를 잡았다.

하지만 이미 내력은 고갈되었고 몸도 거의 말을 듣지 않는다.

자하신공의 기운은 갈수록 옅어져 가고 칼끝은 파르르 떨리고 있었다.

이윽고. 최후의 한 수가 교환되었다.

자색의 매화와 백빛의 낭화가 또다시 사납게 흐드러졌다.

그 결과.

…쩡!

반전 따위는 일어나지 않았다.

검귀의 톱날검은 검제의 매화검을 두 조각으로 쪼개 버렸다.

콰쾅! 쩌저저저적!

화산파에서 제일가는 명검은 이내 두 조각에서 네 조각으로, 네 조각에서 여덟 조각으로, 여덟 조각에서 열여섯 조각으로, 이내 산산조각이 나 매화잎처럼 흩어진다.

미경평은 그대로 땅바닥에 처박혔다.

기름을 발라 뒤로 넘긴 백발은 봉두난발로 변했고 분을 칠했던 얼굴 역시도 진흙투성이가 되었다.

화려했던 비단옷은 걸레짝이 되었고 몸 역시도 크고 작은 잔상처들로 이미 만신창이였다.

그 앞으로 검귀가 다시 한번 칼끝을 들이밀었다.

"오늘이 해남무림이 중원무림을 접수하는 날이군."

"……."

미경평은 옆을 흘끗 돌아보았다.

포달랍궁과 대뢰음사의 괴승들이 기관진식과 독안개를 뿌려 놓는 바람에 시야는 완전히 가로막혀 있다.

밖에서 비명 소리들이 터져 나오는 것을 보면 아무도 이곳으로 들어올 수 없는 모양.

그러니 지원군을 기대하는 것도 현실적으로 불가능했다.

이윽고, 검귀가 미경평의 앞에 섰다.

그는 엄숙하고 진중한 목소리로 입을 열었다.

"그럼 이제 끝이다. 중원제일검이여."

"……."

미경평은 최후를 예감했다.

그러고는 침통한 표정으로 고개를 숙였다.

더 이상 무엇을 해도 살아날 길이 없었기 때문이다.

……바로 그때.

"홀홀홀– 이게 뭔 일인고?"

바로 뒤에서 느긋한 어조의 혼잣말이 들려왔다.

"!?"

검귀도, 미경평도 깜짝 놀라 고개를 돌렸다.

그곳에는 평범한 체구의 노인 한 명과 아주 왜소한 체구의 노인 한 명이 서 있었다.

하지만 그들을 보는 순간, 미경평의 두 눈은 화등잔만 하게 커진다.

"검왕 선배님! 도왕 선배님!"

정도무림의 최강자, 삼왕(三王)의 두 명이 이곳에 나타난 것이다.

검왕 남궁천과 도왕 팽항적.

그들은 허리춤에 각각 일곱 개씩의 머리통을 매달고 있었다.

"설마 정도회맹 본진을 습격할 줄이야. 하여간 마두들의 행동은 예측할 수가 없다니까."

"오독교 때도 그랬지 않은가."

"그때는 등천학관에 천기단이라도 있었지. 정도회맹장에는 뭐가 있겠어."

그 머리통들의 원래 주인은 전부 다 세외에서 온 마두들이었다.

남궁천과 팽항적은 정도회맹장 근처를 돌며 마두들의 목숨을 추수하던 끝에 이곳 정도회맹장으로 온 것이다.

이윽고, 검귀가 물었다.

"……어떻게 들어왔지?"

포달랍궁과 대뢰음사의 괴승들이 쳐 놓은 장막을 뚫고 들어올 정도면 보통내기가 아니라는 뜻이다.

그래서 검귀는 이들을 살짝 경계하고 있었다.

그때 미경평이 외쳤다.

"선배님들! 합공을 하십시오!"

검귀의 실력은 진짜다.

그리고 심지어, 그는 검제를 상대할 때에도 혼신의 힘을 다하지 않았다.

미경평은 검귀가 아직도 실력의 삼 할 정도를 감춰 놓고 있다고 판단했다.

"제 말을 믿어 주십시오! 상대는 저를 실력의 칠 할 정도로 제압할 수 있을 정도의 고수입니다! 합공을 하셔야 승기를 잡을 수 있습니다!"

하지만 남궁천과 팽항적은 시큰둥한 반응이었다.

"저 녀석이 지금 뭐라는 게야? 뭐? 합공?"

"어쩌다 저런 녀석이 장문인이 되었을꼬. 옛날에 그 누구냐. 오자운인가 하는 아이가 참 총명하고 똘똘했는데 말이야."

"화산파의, 아니 정도무림의 복이 거기까지였던 게지."

둘은 이런저런 대화를 나누며 앞으로 걸어간다.

마치 산보라도 나온 듯 여상한 태도였다.

미경평은 피를 토하는 심경으로 다시 한번 소리쳤다.

"예삿 적이 아닙니다! 상대는 천하제일검! 과거의 천마(天

魔)에 필적할 듯싶습니다! 하지만 두 분이서 합공을 하시고 저까지 합류한다면 충분히 승산이…….

하지만 그는 말을 중간에 멈춰야 했다.

기관진식 안의 분위기가 이상하게 변해 버렸기 때문이다.

남궁천의 눈빛이 변했다.

"……천마?"

옆집 할아버지처럼 인자해 보이던 눈은 순식간에 피와 시체의 구산팔해를 거쳐 온 백전노장의 그것으로 변한다.

팽항적 역시도 마찬가지였다.

"내 앞에서 그 이름을 거론하다니."

작고 왜소한 노구에서 뿜어져 나오는 기세는 그야말로 태산 그 자체.

구무협(舊武俠)의 살아 있는 전설이 한쪽 눈을 빛내고 있었다.

검왕 남궁천. 그가 앞으로 한 발을 내디뎠다.

"보아하니 여기는 나 혼자 해도 되겠군."

"내가 하겠다."

"자네는 밖에서 다른 아해들이나 좀 돕게."

"그럼 밖에 있는 마두 셋은 내 몫인가?"

"양보하지."

이윽고, 남궁천은 검귀의 앞으로 걸어왔다.

뒤에서는 미경평이 계속해서 탄식하고 있었다.

"선배님들…… 저 역시도 분투했으나 결국 그의 상대가 아니었습니다. 그러니 두 분은 합공을 하셨어야 했습니다. 아무리 자존심이 중요하다고 한들 목숨과 정도무림의 미래만 하겠습니까. 아아……."

남궁천은 미경평의 말을 무시했다.

그리고 허리춤에서 검 한 자루를 뽑아 들었다.

"별호가 뭐고?"

"검신(劍神)."

검귀의 태도는 당당하다.

자신의 검술이 중원에서도 충분히 먹힌다는 것을 깨달았기 때문이다.

……하지만.

핏―

남궁천의 팔이 한 번 느릿하게 움직였다.

약간 뒤늦게, 주변으로 엄청난 세기의 강풍이 불어온다.

휘이이이이이이이잉……

검귀가 고개를 갸웃했다.

"……무슨?"

하지만 이내, 그는 상황이 어떻게 돌아가는지를 파악할 수 있었다.

툭―

한쪽 귀가 떨어져 내렸다.

절단면이 거울처럼 매끄러운 채로.

"!?"

검귀가 경악한 채로 고개를 들었다.

그 앞에는 어느새 남궁천이 서 있었다.

"검신?"

"......."

검귀의 표정이 하얗게 질린다.

방금 전의 출수를 그는 아예 보지 못했기 때문이다.

"이이익!"

검귀는 칼을 뺐다.

긴 톱날검이 위에서 아래로, 대각선을 그리며 떨어져 내린다.

하지만.

…파캉!

검귀의 칼은 미처 다 휘둘러지기도 전에 반으로 부러졌고 이내 수백 개의 조각으로 박살 나 흩어졌다.

퍼퍼퍼퍼퍼퍽!

칼날 조각들이 검귀의 얼굴을 스치고 지나간다.

검귀는 자신을 향해 겨누어져 있는 남궁천의 칼끝을 보며 오싹한 감각을 느꼈다.

'죽는다.'

눈앞으로 밀려 들어오는 남궁천의 기세가 순간 거대한 파

도처럼 느껴졌다.

콰쾅!

검귀는 그 자리에서 펄쩍 뛰어 뒤로 물러났다.

그때까지도 남궁천의 표정에는 아무런 변화도 없었다.

"네가 검신이라고?"

"……."

검귀의 안색이 어느새 자신이 만들어 낸 낭화처럼 하얗게 질려 있었다.

덜덜덜덜덜덜……

남궁천의 시선을 맞받는 그의 두 다리가 부들부들 떨리고 있었다.

"으아아아아아아아아아!"

검귀가 하나 있는 팔을 내뻗었다.

아직 절반 정도 남은 톱날검이 정면을 향해 강맹한 검강을 쏘아 보냈다.

그러나.

핏–

고개를 옆으로 슬쩍 기울인 남궁천의 뺨에는 아주 작은 혈선만이 그어졌을 뿐이다.

그 대가로 검귀는 두 다리를 잃어야만 했다.

"!?"

이번에도 검귀는 보지 못했다.

자신의 두 다리가 무릎 아래로 잘려 나가는 것을 말이다.

"쯧."

남궁천은 뺨에서 흘러내리는 핏물을 엄지손가락으로 지워 내며 혀를 찼다.

검귀가 덜덜 떨리는 목소리로 말했다.

"어, 어떻게…… 어떻게 이 내가…… 볼 수조차 없었던……."

그러자 남궁천은 자신의 허리춤을 보여 주었다.

허리에 늘어져 있는 일곱 개의 수급(首級).

남궁천은 이 머리들을 이렇게 평했다.

"이 일곱 중 다섯이 너보다 강했다."

"……!"

"그리고 그 다섯 중 둘은 내 몸에도 꽤 깊은 상처를 남겼지. 봐라."

남궁천은 웃옷 자락을 슬쩍 젖혔다.

과연, 그의 목과 가슴팍에는 두 줄기의 옅은 칼자국이 보였다.

방금 전까지 시뻘건 생피가 흘러내렸을 것임에 분명한, 제법 깊은 검흔(劍痕)이었다.

남궁천은 깊은 한숨을 내쉬었다.

"이런데도 검신, 천마 타령을 하고 있으니 원. 우물 안에서 개골거리는 것도 정도가 있지."

그의 눈빛이 다시 한번 변한다.

"해남의 작은 물에서 방귀깨나 뀌다 보니 정신이 나갔구나."

"……."

"어디, 다음에는 내가 해남도로 가 주랴? 네 머리를 들고?"

그 말을 듣는 검귀의 표정이 대번에 변했다.

"아, 안 돼, 안 된다! 해남도는……."

"왜? 너 따위가 해남도에서 검신으로 추존되었다면 나는 더할 것이 아닌가. 내 그 섬으로 가서 네가 중원에서 했던 짓과 같은 짓을 하겠다."

"……. ……. ……."

검귀는 무엇을 본 것일까?

남궁천이 방문한 해남도의 미래라도 본 것일까?

절망에 빠진 검귀의 앞으로 남궁천의 그림자가 짙게 드리워진다.

"너를 죽이고, 해남도의 무림을 초토화시킬 것이야."

"아아……!"

"내 검보다 키가 작은 어린아이들은 살려 주마. 그 위로는 모조리 죽여 버리리라."

검귀의 눈이 죽어 간다.

그는 그제야 비로소 깨달았다.

자신이 무엇을 건드렸는지.

그리고 그로 인해 무슨 대가를 치러야 하는지 말이다.

매화검제 미경평.

그는 검왕 남궁천의 신위를 보며 그저 멍하니 입만 벌리고 있을 뿐이다.

미경평은 생각했다.

검제의 실력은 이제 삼왕의 아래가 아니라고?

오제의 서열 첫째가 삼왕의 서열 말석보다 위라고?

삼왕오제(三王五帝)가 아니라 사왕사제(四王四帝)가 되어야 한다고?

다 개소리다.

알지도 못하는 것들이 지껄이는 미친 헛소리다.

감히 그딴 말들을 지껄이는 놈들의 눈깔과 혀를 뽑아 버려야 한다.

어찌 감히 자신 따위를 눈앞에 있는 절대자에 비할 수 있단 말인가.

미경평의 눈에 비친 남궁천은 커다란 붓을 거침없이 휘둘러 그려 놓은 거대한 태산과도 같았다.

그에 비하면 미경평 자신은 그 밑에 튄 먹물 한 방울만도 못한 존재였고 말이다.

'……'

매화검제 미경평은 자신의 무공이 남궁천의 발뒤꿈치에도 미치지 못한다는 것을 깨닫고 황망히 고개를 숙였다.

그리고 한편으로는 생각했다.

자신이 최강자가 아니라서 다행이라고.

정도무림에 저런 거목들이 있어서 정말 다행이라고.

비록 고개는 숙여졌지만 역설적으로 어깨는 더 가벼워지고 있었다.

꿇은

노왕 팽형직.

그는 눈앞에 있는 세 명의 대마두를 바라보고 서 있었다.

해독이 불가능한 마독(魔毒)을 쓰는 대뢰음사의 괴승 두르가.

철갑으로 이루어진 장갑을 낀 포달랍궁의 무승 액이덕니.

두 손이 하얗게 얼어붙어 있는 북해빙궁의 마녀 북궁상.

셋은 팽항적을 향해 일제히 몰아쳐 왔다.

콰콰콰쾅!

괴승의 독장이 팽항적의 가슴팍을 후려쳤다.

팽항적은 미간을 찡그렸다.

"꽤나 독한 것을 뿌리는구나."

독기가 체내로 침투해 들어온다.

본디 팽항적 정도의 경지에 오르면 외부에서 들어온 기운을 눈 깜짝할 사이에 태워 버릴 수 있으나, 이 괴승이 뿌려대는 독은 난생 처음 겪는 종류의 것이었다.

"그래도 못 몰아낼 정도는 아니지."

내공을 평소보다 더 빠르게 회전시킨다면 독기를 강제로 몸 밖으로 뿜어낼 수 있었다.

문제는 몰아낸 독이 대기 중으로 퍼져 다른 사람들을 중독시킨다는 것이다.

"끙……."

팽항적은 괴승의 독장을 피해 연신 뒤로 물러났다.

꽤나 골치 아픈 상태를 만난 것이다.

바로 그때.

"삼왕 중 하나라. 사냥할 맛이 나겠군."

팽항적의 앞으로 포달랍궁의 무승이 뚝 떨어져 내렸다.

그는 철로 이루어진 거대한 장갑을 낀 채 팽항적에게 연신 주먹을 날린다.

따-앙! 우지지지지직!

쇠와 쇠, 강기와 강기가 맞부딪치며 대기를 살얼음처럼 쪼개 놓았다.

"호오."

팽항적의 한쪽 눈썹이 꿈틀 움직인다.

"나를 상대로 힘 싸움을 걸어오다니. 그건 남궁 늙은이도 못 하는 건데 말이야."

"끄으응……."

무승의 민머리 전체에 구렁이 같은 핏줄들이 불거져 나왔다.

거대한 근육과 그보다도 거대한 중장갑이 팽항적을 찍어 누르고 있었지만, 왜소한 체구의 팽항적은 그 자리에서 꿈쩍도 하지 않고 있었다.

꾸드드드득……

오히려 무승과 팽항적의 힘 사이에 낀 무쇠 장갑의 외형이 조금씩 조금씩 찌그러지고 있는 것이다.

콰직! 콰직! 콰식! 콰시지직!

힘과 힘이 맞부딪치며 발생한 와류 때문에 지축이 찢어지듯 뒤틀리고 있었다.

팽항적과 무승은 그렇게 한동안 힘겨루기를 했다.

바로 그때.

쉬이이익!

칼날처럼 뻗어 나온 냉기가 팽항적의 목을 노렸다.

"……!"

팽항적은 목을 훑으며 지나가는 수도(手刀) 모양의 얼음 칼날을 향해 눈을 가늘게 떴다.

"아깝다, 한 방에 보낼 수 있었는데."

북해빙궁의 북궁상이 이를 뿌득 갈았다.

결국 팽항적을 사이에 두고 세 명의 대마두가 돌아가면서 차륜전을 벌이는 모양새가 되었다.

해독이 불가능한 독장, 힘으로는 도왕에게 필적하는 주먹, 격전 도중 소리도 없이 날아드는 얼음 칼날.

이것들이 돌아가면서 도왕 팽항적을 두드리고 있었다.

"흐음."

하지만 팽항적은 끄떡도 하지 않은 채 마두들의 공격을 받아 낸다.

이윽고, 그가 막 움직이려 할 때.

"이봐. 팽가 늙은아."

기관진식 한쪽이 쩍 갈라지는가 싶더니 남궁천이 모습을 드러냈다.

"내가 왔다."

"올 필요 없었다. 지금부터 반격하려고 했는데."

"쪽도 못 쓰고 두들겨 맞고 있었으면서."

"어느 정도 되나 한번 본 거지 뭐."

남궁천과 팽항적은 이런 저런 한담을 주고받는다.

마치 산책이라도 나온 듯한 태도였다.

"이런 광오한……!"

포달랍궁의 무승이 팽항적을 향해 커다란 쇠주먹을 휘둘

렸다.

순간, 팽항적의 눈에서 이채가 번뜩인다.

'일도단문(一刀斷門) 일도단혼(一刀斷魂)'.

오호단문도의 초식 하나가 팽항적의 난자수참도를 통해 구현되었다.

쩍ㅡ

팽항적을 향해 달려들던 무승의 몸이 반으로 쪼개졌다.

육신이 너무나도 깔끔하게 반으로 쪼개진지라, 무승은 몸이 쪼개지고 나서도 몇 번인가 허공에 주먹질을 하고는.

"……? ……? ……?"

그대로 지면에 쓰러져 죽고 말았다.

"……."

"……."

포달랍궁의 무승이 일격에 살해당하는 것을 본 괴승과 마녀는 일순간 침묵에 잠겼다.

그 와중에.

"끄ㅇㅇㅇㅇㅇㅇㅇㅇ……."

남궁천의 손에 잡혀 있는 피투성이의 무언가가 별안간 신음 소리를 흘리기 시작했다.

그것은 바로 팔다리가 모두 잘린 검귀의 몸뚱이였다.

남궁천은 검귀의 머리채를 잡고 몸 전체를 허공으로 들어 올린 뒤.

퍼퍼퍼퍼퍼퍼퍼퍼퍼퍼퍽!

수없이 많은 검격으로 검귀의 전신을 잘게 쪼개 버렸다.

한때 사람이었던 것은 붉은 안개처럼 변해 주변의 대기를 온통 시뻘겋게 물들이고 있었다.

팽항적이 눈살을 찌푸렸다.

"지저분하구만."

"원래 이럴 때에는 도를 넘어서 잔혹한 모습을 보여 줘야 하는 게야."

"누가 잔혹하다고 뭐라 했나? 더럽다고."

"전장에서 더럽네 깨끗하네가 어딨나. 한심하긴."

남궁천은 팽항적을 힐난하며 계속해서 담소를 이어 나간다.

하지만 주변의 반응은 달랐다.

우-와아아아아아아아아아!

지금껏 혼란에 빠져 허우적거리던 군중들이 대번에 이성과 질서를 되찾았다.

검왕과 도왕. 당대의 최고수 둘이 등장하자마자 네 마두 중 둘이 일격에 사망했다.

남은 마두 두 명의 목숨도 바람 앞의 등불임이 명확해 보였다.

"아버님!"

"괜찮으십니까!?"

군중들 너머에서 남궁파와 팽가휘가 나타났다.

옷매무새를 보니 그들 역시도 기관진식을 뚫느라 고생을 많이 한 모양이다.

남궁천이 아들을 향해 말했다.

"보아라. 내가 왜 끊임없이 혁신에 집착했는지 알겠느냐?"

"잘 알겠습니다, 아버님."

남궁파는 고개를 숙이며 말했다.

바로 그때.

"앗!? 아버님! 저기!"

팽가휘가 팽항적의 등 너머를 향해 손가락질한다.

"……?"

남궁천과 팽항적이 고개를 돌렸다.

"……!"

그곳에는 대뢰음사의 괴승과 북해빙궁의 마녀가 형형한 눈빛을 주고받고 있었다.

"이봐. 손을 잡자."

"뭐?"

"내 독기와 네 한기를 섞으면 재미있는 작품이 나올 것 같다."

괴승이 마녀를 향해 씩 웃어 보였다.

"내 독은 한랭한 기운과 섞이면 바닥에 낮게 깔리며 순식간에 퍼져 나가지."

"이 기관진식 너머까지 독을 뿌릴 수 있나?"

"당연하다. 이 호숫가 전체가 독의 늪지대로 변해 버릴 것이야. 향후 백 년간은 풀 한 포기 자라지 못할 게다."

"좋아. 그거 재미있겠군."

이윽고, 두 마두가 손을 잡았다.

대뢰음사의 괴승은 자신의 독공을 극한까지 끌어올렸고 북해빙궁의 마녀는 자신의 빙공을 극한까지 끌어올린다.

그것을 본 팽항적의 눈빛이 변했다.

"안 되지!"

팽항적은 수참도를 위에서 아래로 내리그었다.

콰콰콰콰콰쾅!

도강이 반월의 형태로 뻗어 나가 괴승을 향해 작렬한다.

하지만 팽항적의 참격은 북궁상이 만들어 낸 두꺼운 얼음 벽에 막혔다.

"수비만 한다면 일각은 족히 버틸 수 있다."

"반 각이면 충분하다. 킥킥킥킥-"

마녀의 말을 들은 괴승이 음침하게 웃어 젖혔다.

"나의 마독은 대뢰음사의 삼천 년 역사상 가장 신비롭고도 은밀하며 지독한 독이지. 심지어 나조차도 해독약을 만들 수 없을 정도다."

괴승의 시선은 얼음벽 너머에 있는 남궁천과 팽항적을 향했다.

"내가 중원에 있었다면 독왕이라는 별호는 내게 붙었을 거야. 아니 그런가?"

독기가 점점 짙어진다.

남궁천과 팽항적의 표정이 처음으로 딱딱하게 굳었다.

"우리야 독기를 몰아낼 수 있다고 해도 다른 이들은 그게 안 될 터인데."

"바로 쳐 죽이는 수밖에."

검왕과 도왕이 의기투합했다.

검과 도에서 뻗어 나간 참격의 폭풍이 이내 괴승의 몸 전체를 쓸어버릴 듯 폭사되었다.

하지만.

쾨기기기기기기기기!

마녀 북궁상이 빙공으로 만들어 낸 얼음 방패는 두 절대고수의 합공을 어느 정도 버텨 내고 있었다.

"북해빙공의 신공절학을 얕보지 마라!"

한때 중원 전체를 피로 물들였던 북해빙궁의 마공이다.

그것을 오로지 수비에만 집중시키고 있으니 그 견고함이 어느 정도일지는 상상도 되지 않는 일.

천하의 검왕과 도왕이라고 해도 저 얼음벽을 단시간 내에 뚫기란 불가능했다.

그리고 이 순간에도 독무는 점점 기세를 불려 나가고 있었다.

ㅊㅊㅊㅊㅊㅊ……

수많은 이들이 자신의 목을 조르며 바닥에 쓰러져 버둥거렸다.

이대로라면 질식해 죽거나 영영 내공을 잃어버리는 이들이 속출할 것이 분명했다.

바로 그때.

"이쪽입니다! 제발 좀!"

어디선가 다급한 목소리가 들려왔다.

구예림. 등천학관의 교관인 그녀가 누군가를 급하게 채근하고 있었다.

"졸…… 려…… 맹주…… 연설…… 길어……."

"맹주님 연설은 진작에 다 끝났어요! 마인들이 나타났다구요!"

"으으…… 연구 때문에 며칠 밤을 새웠더니……."

"도박장 가셨던 거잖아요! 눈을 뜨세요 학장님! 제발!"

구예림이 양 어깨를 잡고 마구 흔드는 이는 이제 막 열서너 살 정도로 되어 보이는 앳된 외모의 소녀였다.

이윽고. 소녀는 반쯤 감긴 눈으로 고개를 돌렸다.

"아이 씨. 뭘 하라구용……."

"이 독이요! 해독 가능하시냐구요!"

구예림은 괴승이 뿜어내고 있는 독안개를 가리키며 말했

다.

그러자 소녀는 극도로 피곤한 표정을 지은 채 독무를 손으로 움켜잡았다.

쿵쿵-

소녀는 손으로 떠낸 독무를 코에 대고 냄새를 맡는다.

이윽고.

"으음…… 이건 해독하려면 시간이 조금 걸리겠는뎅."

소녀는 품을 뒤적거리며 무언가를 찾았다.

하얀 가루, 검은 가루, 누런 가루, 붉은 가루, 푸른 가루 등등…… 수많은 가루약들을 끄집어낸 그녀는 자신의 내공에 이것들을 섞어서 무언가 새로운 기류를 만들어 내기 시작했다.

"ㅇㅇㅇ응……."

소녀는 한동안 미간을 찡그리고는 무언가를 고민했다.

그러고는 이내 눈을 번쩍 떴다.

"풀었다."

동시에, 소녀를 중심으로 자욱한 운무가 피어나기 시작했다.

ㅊㅊㅊㅊㅊㅊㅊㅊㅊㅊㅊ……

소녀의 두 손에서 뻗어 나온 오방색(五方色)의 기류들은 대뢰음사의 괴승이 뿌린 검은 독무를 순식간에 중화시켰고 이내 말끔히 이 세상에서 지워 버렸다.

…팟!

대뢰음사가 자랑하는 삼천 년 역사의 신비 맹독은 그렇게 눈 몇 번 깜빡일 정도의 시간 동안 모조리 파헤쳐지고 격파되었다.

"……마, 말도 안 돼."

괴승의 두 눈이 사정없이 떨린다.

이윽고, 그는 눈앞에 있는 소녀를 향해 게거품을 문 채로 달려들었다.

"무슨 짓을 한 거냐 이년! 대체 무슨 사술을 부려서……!"

하지만.

"귀찮구만."

소녀는 하품을 하다 말고는 눈빛을 바꿨다.

싸늘한 칼날과도 같은 시선이 괴승의 두 눈을 뚫고 박히는 듯하다.

이윽고, 소녀가 손바닥을 날렸다.

녹색의 거대한 수강(手罡)이 손바닥 모양으로 뻗어 나가 괴승의 가슴팍을 후려갈겼다.

"꼐헥!?"

괴승의 가슴팍이 터지며 그 안쪽의 뼈와 내장들이 모조리 드러났다.

그것들은 무시무시한 독기운에 노출되어 이내 검게 썩어 가기 시작했다.

단 일장(一掌).

소녀는 대뢰음사의 대마두를 손바닥 한 번으로 때려죽인 것이다.

그리고 이내, 소녀는 지평선 너머에 있는 남궁천과 팽항적을 향해 손을 흔들어 보였다.

"오옹— 너희들도 왔구나?"

"……"

"……"

검왕 남궁천과 도왕 팽항적은 잠시 침음을 삼켰다.

그러고는.

"……독왕 선배를 뵙습니다."

"……그간 강녕하셨습니까."

눈앞에 있는 앳된 외모의 소녀를 향해 깍듯하게 고개를 숙여 보인다.

독왕(毒王) 당결하.

삼왕(三王) 중에서도 유독 배분이 높은 그녀는 검왕과 도왕으로서도 마주하기가 영 껄끄러운 상대였다.

❧

대뢰음사의 괴승(怪僧).

그는 본디 저 멀리 천축에서 살아 있는 신(生佛)으로 추존되던 이였다.

중원에서는 아무도 알지 못하나 천축에서 그의 위상은 가히 밀교주에 버금가는 것으로, 오른손을 저어 사람을 살리고 왼손을 저어 사람을 죽이는 기적을 인세에 재현 가능한 선지자로 통했다.

그가 집회를 열면 매번 수만, 수십만의 사람들이 그것을 들으러 몰려왔고 때로는 한 나라의 왕이 직접 그의 발 앞에 머리를 조아리고 발등에 입맞춤을 하기도 했다.

그러나. '살아 있는 신'은 자신의 상황에 만족하지 않았다.

그는 자신을 모르는 아주 먼 곳, 무지하고 몽매한 이들이 모여 사는 곳에 가서 자신의 가르침을 나누어 주고자 했다.

諸行無常

－세상에 변치 않는 것은 없고.

諸法無我

－세상에 실체라는 것도 없으며.

一切皆苦

－세상의 모든 것들은 다 고통이고.

涅槃寂靜

－이 세상의 모든 고통을 초월해야 한다.

그것을 통해 생과 사의 경계가 무의미하다는 가르침을 만인에게 평등하게 가르치려 했다.

그런 이유로 지금까지 쌓아 놓았던 모든 부와 명예, 권력을 버리고 허름한 분소의 한 장을 걸친 채 이역만리 떨어진 중원까지 홀몸으로 걸어왔다.

산을 넘고, 강을 건너, 때로는 병에 걸리고, 때로는 적선을 받고, 때로는 살겁을 쌓으며, 그렇게 여기 지금 이 자리까지 온 것이다.

그리고 그 결과.

"어헉…… 컥…… 끄으으……."

지금 그는 벌레처럼 바닥을 기고 있었다.

가슴에 찍힌 손바닥 모양의 자국은 지금 이 순간에도 시커멓게 끓어오르며 주변으로 독기를 퍼트린다.

기혈은 벌써 망가질 대로 망가져서 복구가 불가능했다.

전신의 혈맥들이 가닥가닥 끊어진 것도 모자라 까맣게 타들어가고 있었다.

마치 머리카락이 끝부터 불에 타들어가는 듯한, 그런 심상이 눈에 뚜렷하게 보인다.

하지만 단지 그뿐만이 아니었다.

내상(內傷)보다 훨씬 더 심각한 것은 외상(外傷)이었다.

가슴팍 주변의 살이 녹아서 부글부글 끓어올라 수포가 되었고 그대로 굳어 버렸다.

그 자글자글한 것들이 하나하나 터질 때마다 악취와 함께 끔찍한 고통들이 몰려오고 있는 것이다.

"사, 살려…… 주……."

괴승은 가슴을 움켜잡은 채 애원했다.

"다, 다, 다시는 중원 땅…… 안…… 밟……."

상대는 수천 년 동안 축적되고 누적되었던 대뢰음사의 신비를 눈 몇 번 깜빡이는 동안 모두 이해하고 파훼한 괴물이다.

맞선다는 것은 감히 상상조차도 되지 않았다.

하지만.

"싫은뎅?"

그를 이 모양으로 만든 괴물 같은 존재는 괴승의 말을 전혀 듣지 않았다.

마치 인간이 개미를 밟아 죽일 때 개미의 유언에 관심을 기울이지 않는 것처럼 말이다.

諸行有常

-세상에 변치 않는 것은 있다.

諸法有我

-세상에 실체라는 것도 있다.

一身皆苦

-그것은 지금 이 몸뚱이에 가해지고 있는 고통이고.

涅槃不寂靜

−그 고통에서는 절대로 벗어날 수 없다.

　시큰둥한 표정으로 발걸음을 내딛는 당결하의 발걸음이
사뿐사뿐 가볍다.
　…우직!
　그리고 그 가벼운 발걸음에 괴승은 머리가 터져 죽었다.
　천축에서 '살아 있는 신', '모든 마의 지배자', '아수라를 죽
인 자', '가장 위대한 자', '오마비(烏摩妃)의 재림'이라 불렸던
이의 비참하고도 쓸쓸한 최후였다.
　"……."
　"……."
　남궁천과 팽항적은 잠시 입을 다물었다.
　다른 마두들은 몰라도 방금 전에 죽은 괴승은 분명 상대하
기 까다로운 적이었다.
　아마 여기 모여 있던 네 명의 대마두 중에서도 혼자서만
수준이 다른 고수였을 것이고, 그 수준이라는 것은 지금 자
신들의 허리춤에 매달려 있는 모가지들의 원주인을 아득히
뛰어넘을 정도였다.
　적어도 그 괴승은 검왕이나 도왕 중 한 명과 백여 합 이상
을 겨룰 수 있는 실력자였다는 뜻.
　……하지만. 유일하게 신경 쓰이던 그 무명의 대마두는 독
왕에 의해 정리되었다.

그것도 단 일장에 말이다.

남궁천은 손으로 이마를 짚었다.

'저 정도로 강하다면 우리들로서도 통제가 안 될 것이다. 통제가 불가능한 아군은 잠재적인 적도 같고.'

마침 팽항적도 같은 생각을 하고 있었다.

'오랜 시간을 살아온 그녀의 입장에서는 이곳의 전투가 애착이 가는 개미들과 낯선 개미들이 싸우는 것 정도로 보이겠지. 지금은 기분이 내켜서 애착이 가는 개미를 도와주고 있지만, 그것은 언제든 변덕에 의해 뒤바뀔 수 있다.'

검왕 남궁천과 도왕 팽항적에게는 정파의 소속이라는 개념과 정체성이 확실하게 박혀 있으나, 독왕 당결하에게는 딱히 그런 것이 없다.

그녀는 어느 정도 경지에 오른 뒤부터는 완전히 어린아이처럼 변해 버려서 순전히 본능에 따라서만 움직였기 때문이다.

아마 방금 전에 괴승을 때려죽인 것도 어린아이가 신기한 벌레를 가지고 놀다가 이내 싫증이 나 죽여 버리는 것과 별반 차이가 없으리라.

이윽고, 남궁천이 이 세상에서 가장 공손한 어조로 말했다.

"선배님은 조금 쉬시지요. 여기서부터는 저희 말학(末學)들이 정리하겠습니다."

"그것도 싫은뎅?"

"그러지 마시고…… 허허허…….."

팽항적 역시도 식은땀을 흘리고 있었다.

당결하의 눈이 돌아가면 무서운 일이 벌어질지도 모른다.

적어도 그녀의 독에는 적과 아군이 없기 때문이다.

……바로 그 순간.

남궁천과 팽항적의 표정이 밝아질 만한 일이 벌어졌다.

"으아아아아아! 죽어라!"

북해빙궁의 마녀 북궁상이 별안간 당결하를 공격하기 시작한 것이다.

쩌저저저저적!

사람이 타고나면서부터 가지고 있는 기운인 선천진기(先天眞氣).

그것을 죄다 소모하면서까지 퍼붓는 극한의 빙공이 이 세상 모든 것을 얼려 버린다.

극저온의 냉기가 한 곳으로 응집해 든다 싶더니 이내 당결하의 전신을 꽁꽁 옥죄였다.

우각호 일대 전체가 얼어붙어 빙판 설원으로 변했고 그 위의 절벽들 역시도 모조리 얼어붙었다.

그리고 이 일대의 기후를 통째로 뒤바꾸어 버린 이 한랭한 기운은 오로지 하나의 지점, 오직 당결하 하나를 향해 모여들고 있는 것이다.

당결하는 신기하다는 듯 입을 뻐끔거렸다.

'……안 움직영.'

그녀는 투명한 얼음 속에 갇힌 채로 눈알을 데굴데굴 굴리고 있었다.

그 앞에 선 북궁상이 그제야 묵은 숨을 토해 냈다.

그녀는 불과 눈 몇 번 깜빡일 새에 오십 년은 늙은 듯 변해 있었다.

아마 그리 오래 살지 못할 것임에 자명해 보였다.

"흐흐흐흐– 어떠냐? 내 남은 수명을 몽땅 소모해 만든 얼음이다. 저것은 상대가 누구든 간에 최소 일각은 유지되지. 이 전장의 최고수가 봉인당했는데, 기분이 어떤가?"

"아주 좋다. 잘했다."

곧바로 남궁천과 팽항적이 끼어들었다.

"……?"

그 둘의 속마음을 알 리 없는 북궁상은 의아한 표정을 짓는다.

스릉–

남궁천은 장검을 뽑아 들었다.

팽항적 역시도 장도를 뽑아 들었다.

"독왕 선배를 봉인시켜 준 답례로."

"고통 없는 죽음을 선사하마."

북궁상의 표정이 와락 일그러졌다.

폭삭 늙어 버린 그녀는 잘근잘근 씹어 내뱉듯이 중얼거린
다.

"나, 나는 여기서 죽을 수 없다."

"모든 이들이 그렇게 말하지."

팽항적이 수참도의 칼끝으로 도강을 끌어모았다.

상대는 모든 선천진기를 소모했기에 그냥 놔두어도 채 달
포를 넘기지 못할 것이다.

하지만 북해빙궁 출신의 대마두이니만큼 확실하게 끝을
맺어 두는 작업이 필요했다.

한편, 북궁상은 치아 끝이 부러져 나가는 것도 모른 채 이
를 뿌득뿌득 갈고 있었다.

"나는 언니를 찾아야 해."

"……?"

남궁천의 한쪽 눈썹이 까닥 움직였다.

북궁상의 상태가 점점 이상해지고 있었기 때문이다.

이윽고, 그녀는 군중들 저 너머를 향해 고래고래 외쳤다.

"약조대로! 정파의 최고수를 봉인했다! 이제 언니를 만나
게 해 줘!"

그 외침은 남궁천과 팽항적을 향하는 것이 아닌, 분명 지
평선 너머에 있는 다른 누군가를 향하고 있었다.

그리고 그 순간.

"……!"

"……!"

남궁천과 팽항적은 무언가 위화감 같은 것을 느꼈다.

그 위화감은 이내 미증유의 불길함으로 변한다.

"끄아아아악!"

군중들 속에서 들려온 첫 비명 소리가 그 시작했다.

콰콰콰콰콱!

별안간, 몇몇 사람들이 군중들을 습격하기 시작했다.

그들은 북궁상의 외침이 들려오기 전까지만 해도 평범한 군중들 중 하나였던 사람들이다.

"으아악! 뭐야!?"

"살려 줘! 갑자기 왜!?"

"누, 누구야! 누군데 이래!"

곳곳에서 피분수와 함께 사람들이 죽어 나가고 있었다.

그리고 그러한 참사를 만들어 내고 있는 주역들은 바로 평범한 범부들이었다.

죽립을 쓰고 전신을 천으로 둘둘 감은 그들은 칼과 창으로, 때로는 맨손으로 사람들을 연거푸 도살한다.

뻣뻣한 관절, 맹수처럼 강한 힘, 죽음도 두려워하지 않는 행보.

그것들을 본 남궁천과 팽항적의 표정이 딱딱하게 굳었다.

"……!"

강호 경험이 많은 그들은 저 괴인들의 정체를 한눈에 꿰뚫어 보았다.

가만히 있으면 사람처럼 보이나, 몸이 차갑고 단단하며, 아무런 자연지기를 뿜어내지 않는 존재들.

그런 것은 이 세상에 딱 하나, '강시(僵尸)'밖에 없다.

남궁천이 팽항적에게 말했다.

"손녀의 말을 듣고도 반신반의했는데, 강호에 강시가 나타난 것이 대체 몇 년 만인고?"

"대략 오십 년 만이로군. 우리가 청년 시절에 마지막으로 본 게 전부니까."

"나는 그 뒤로도 알음알음 더 봤네만. 대략 삼십 년 만에 보는 것 같군."

"미친 남궁아. 이 와중에도 이겨 먹으려고 드느냐?"

물론 이러고 있을 여유가 없었다.

지금 시야에 들어오는 강시들의 숫자만 해도 대략 이백 구이상.

아마 지평선 너머에 있는 것들까지 합치면 그보다도 더 많을 것이다.

끔찍한 혼란이 시작되었다.

정도회맹을 구경하러 온 일반인들이 있는 구역에서부터 날뛰기 시작한 강시들은 누군가의 조종이라도 받는 듯 일사불란한 움직임으로 날뛰었다.

철저히 무공을 모르는 사람들 위주로 죽이고 고수가 접근

해 오면 곧바로 내뺐다.

고수의 칼에 목이 잘리는 한이 있더라도 최소한 일반인 열 명 이상을 길동무로 데려간다.

그것은 오직 살인 그 자체에만 목적을 두고 있는 행동.

조금 더 자세히 말하자면 최소한의 움직임으로 최대한 많은 인명을 살상하려는 것을 목적으로 삼고 있는 듯했다.

쩌-억!

남궁천은 칼을 들어 강시 두 구를 반 토막 냈다.

쇠와 같이 단단한 허리가 잘려 나가자 그 안에서 강한 용해액이 터져 나와 주변의 풀과 바위를 태워 버린다.

우지지지직!

팽항적은 달려드는 강시 세 구를 육편으로 짓이겨 버렸다.

강시들은 죽어 나가면서도 자신의 단단한 살점들을 사방 팔방으로 흩뿌리며 최대한 일반인들에게 피해를 주고자 했다.

처절하게까지 느껴지는 그 악의에 남궁천과 팽항적은 아연실색했다.

"이 정도로 교묘한 강시술이라니."

"대체 어떤 놈이 이토록 많은 강시들을……."

순간, 남궁천과 팽항적의 시선이 한쪽으로 향했다.

숨길 생각도 없어 보이는, 실로 살벌하고도 흉폭한 마기(魔氣)가 지평선 너머에서 줄기줄기 뿜어져 나오고 있다.

쿠─오오오오오오오오오오!

그곳은 정도무림의 미래와 희망들이 모여 있는 구역.

바로 등천학관 생도들의 집결지였다.

홍공연(洪公宴)

"여리야!"

사마여리는 자신을 부르는 소리에 뒤돌았다.

남궁율과 호예양.

그녀들이 어느새 사마여리의 옆으로 다가와 있었다.

"서로 등을 맞대고 버티자."

"곧 포위망이 뚫릴 거야."

"다들 고마워요……."

강시들이 날뛰는 난전 속, 셋은 칼을 들고 강시들과 맞선다.

그때.

"……?"

사마여리는 강시들 가운데를 조용히 걸어오는 사람 하나를 발견했다.

죽장망혜(竹杖芒鞋) 단표자(單瓢子)를 든 초로의 노인.

얼굴은 죽립에 가려져 보이지 않고 오른쪽의 옷소매는 바람에 휘날려 허망하게 펄럭거리고 있었다.

오싹……

사마여리는 그 노인을 보는 순간 정체불명의 불길함을 느꼈다.

아니나 다를까, 외팔 노인은 죽립을 들어 올렸고 하나뿐인 눈으로 사마여리를 바라보기 시작했다.

"네가 사마세가의 여식이로구나."

홍공. 그가 강시들을 이끌고 등천학관을 습격한 것이다.

사마여리는 고개를 갸웃했다.

"저를…… 아세요?"

"그럼. 잘 알지. 아마 내가 너보다 너를 더 잘 알 것이다."

홍공의 얇은 입술이 삐뚜름하게 휘어졌다.

"나를 따라온다면 사마세가가 왜 하루아침에 세상에서 지워졌는지, 그것을 알려 주마."

"……!"

사마여리의 두 눈이 찢어질 듯 커졌다.

바로 그 순간.

"이 악적아! 무슨 헛소리로 사람을 현혹하느냐!"

커다란 호통이 사마여리의 정신을 퍼뜩 깨어나게 만든다.

남궁율. 그녀가 홍공을 매섭게 쏘아보고 있었다.

"파촉설산에서 그 목소리를 들은 적 있다. 너는 추이 대협의 적이지?"

"호오…… 기억력이 비상하군. 그러고 보니 우리는 구면일세 그려."

홍공이 남궁율을 보며 껄껄 웃는다.

그러는 동안 호예양이 사마여리를 등 뒤로 숨겼다.

이유는 모르겠지만 적은 사마여리에게 관심을 보이고 있다.

그렇다면 일단 그것을 막는 것이 급선무다.

한편, 홍공은 호예양을 보며 고개를 갸웃했다.

"계집아이야. 너는 어째 얼굴이 눈에 익구나. 우리가 전에 어디서 만났었지?"

"……."

호예양은 대답을 하지 않았다.

그도 그럴 것이, 그녀는 홍공을 한 번도 본 적이 없기 때문이다.

순간.

핏―

홍공의 신형이 촛불처럼 꺼져 버렸다.

그리고 이내, 홍공은 남궁율, 호예양, 사마여리의 바로 앞에 다시 나타났다.

눈 깜짝할 사이에 벌어진 일이었다.

"일단은 비키려무나. 본좌는 가운데에 있는 계집과 끝낼
이야기가 있느니라."

홍공은 왼손을 들어 올리더니 남궁율과 호예양의 뺨을 연
달아 후려갈겼다.

짜-악! 쩍-

남궁율과 호예양은 비명 한 번 내지르지 못하고 나가떨어
졌다.

이윽고, 홍공의 하나뿐인 마수(魔手)가 사마여리를 향해 뻗
어 간다.

꾸욱- 꾹!

홍공은 사마여리의 뒷목 혈도를 눌러 그녀를 기절시켰다.

그러고는 사마여리를 어깨에 들쳐 메고 자리를 뜨려 했다.

썩-뚝!

별안간 참격 한 줄기가 날아들지만 않았어도 분명 그렇게
되었을 것이다.

건너편 언덕에서 날아온 참격은 그야말로 쏜살같이 뻗쳐
와 홍공의 손을 절단하려 했다.

홍공은 급히 손을 뒤로 뺐고 그래서 옷소매만 잘려 나가는
것에서 그쳤다.

쩌-저저저저적!

뒤편에 있던 거대한 바위가 매끄럽게 잘려 나갔다.

"……."

홍공이 시뻘건 외눈을 들어 건너편 언덕을 바라본다.

그곳에는 검왕 남궁천이 온화하게 미소 짓고 있었다.

"다 늙어서 어린애들에게 무슨 추태인고?"

"……남궁가의 노괴로군. 아직 수명이 남았나?"

"일단 그 아이부터 내려놓지."

남궁천이 슬쩍 턱짓했다.

홍공은 어깨에 들쳐 메고 있던 사마여리를 바닥에 내려놓았다.

그때. 남궁천의 옆으로 팽항적이 내려섰다.

"마교의 종자 같은데, 여기는 무슨 일이지? 설마 어린 신부를 구하러 온 것은 아닐 테고."

"끌끌끌……."

홍공은 수염을 쓰다듬으며 웃었다.

눈앞에는 검왕 남궁천과 도왕 팽항적이 마주 서 있다.

세 노고수들 사이의 대기와 지면이 꾸깃꾸깃 구겨지기 시작했다.

이윽고, 홍공이 입을 열었다.

"우리 얘기를 좀 해 보겠나?"

"마교 놈 따위와 할 얘기는 없다만."

"얘기를 나누는 시간만큼 자네들의 수명이 늘어날 터이니

손해 보는 제안은 아니잖나?"

홍공의 말에 남궁천이 크게 웃었다.

반면 팽항적의 표정은 딱딱하게 굳어져 있었다.

"마교 놈들은 인간이 아니지. 인간의 말을 사용하기는 하
지만 그것은 상대를 교란하고 죽이기 위한 수단일 뿐, 소통
을 위한 것이 아니야. 마치 독사가 인간의 언어를 배워 말하
는 것과도 같지. 고로 나는 마교 놈들의 말은 아예 듣지도 않
는다."

팽항적은 곧바로 난자수참도를 역수로 꼬나 쥐었다.

부—웅!

칼이 좌에서 우로 그어졌다.

콰—콰콰콰콰쾅!

그믐달 모양의 참격이 홍공이 서 있는 언덕 전체를 반으로
갈라 버렸다.

"쯧."

홍공은 혀를 차며 위로 뛰어올랐다.

그곳에는.

…번쩍!

남궁천이 위에서 아래로 내리긋는 참격이 일자(一字) 형태
의 벼락처럼 떨어져 내리고 있었다.

콰콰콰쾅!

홍공은 하나 남은 왼손을 휘둘러 남궁천의 검을 막아 냈

다.

시뻘건 수강이 검강과 도강에 맞서 기세를 불려 나간다.

콰콰콰콰콰콰콱!

눈 깜짝할 사이에 수십 합이 오갔다.

검왕 남궁천과 도왕 팽항적은 계속해서 홍공을 밀어붙였다.

남궁천이 홍공의 손날을 막아 내며 말했다.

"허- 혼을 쏙 빼놓는다는 말이 이런 거였군. 일수 일수를 나눌 때마다 넋이 조금씩 깎여 나가는 기분이야. 아주 묘하구만."

"빠르고 정밀하면서도 구결과 초식에 구애받지 않는 공격술. 과연 정도무림의 것과는 궤가 다르다 할 수밖에."

팽항적 역시도 홍공의 수강을 맞받아치며 고개를 끄덕였다.

과연 홍공의 무공은 무시무시한 것이었다.

무려 육혼의 삼 층계에서 뿜어져 나오는 절대적인 힘.

그것은 남궁천과 팽항적의 합공에도 불구하고 백여 합을 끄덕도 없이 버텨 내고 있는 것이다.

심지어 홍공은 때때로 남궁천과 팽항적의 공격을 유도한 뒤 되치기를 먹이기까지 하고 있었다.

남궁천과 팽항적은 홍공의 대담함에 혀를 내둘렀다.

'이쪽은 공격을 받아 내기도 벅찬데 저쪽은 이쪽의 움직임

을 원하는 대로 유도할 여유가 있다는 것인가.'

'남궁가와 팽가의 무공을 아주 오랫동안 연구한 작자로군. 그렇다면 세간에 알려지지 않은 무공으로 승부를 볼 수밖에 없다.'

둘은 동시에 같은 생각을 했다.

상대는 분명 마교의 초고수.

타고나기를 포식자로 태어난 절대자일 것이다.

그렇기에, 마교의 초고수들에게는 숙명적인 결점이 있다.

바로 교만과 방심이다.

남궁천은 홍공의 장법에 일부러 휘말려들었다.

팽항적 역시 짐짓 힘이 부치는 척 뒤로 물러났다.

홍공은 이때다 싶어 승부를 걸어온다.

혈마대수인(血魔大手印).

시뻘건 강기가 거대한 손바닥 모양으로 응집된다.

그것은 위에서 아래로, 모든 것을 짓이겨 버릴 듯 날아들었다.

바로 그 순간.

"지금이다 팽가 놈아!"

"너나 늦지 마라, 남궁 늙은아!"

남궁천과 팽항적의 두 눈에서 시퍼런 빛이 폭사되었다.

제왕검형. 남궁세가에서 가장 강한 검술.

남궁천은 지난 세월 동안 이 하나의 무공을 극한까지 연구

했던 바 있다.

오직 마교와의 싸움에 대비하면서 갈고 또 갈아온 칼날.

그것은 제왕검형을 전혀 다른 별개의 무공으로 재탄생시켰다.

제왕형천마살(帝王形天魔殺).

남궁천의 검에서 뿜어져 나온 푸르른 검강이 소용돌이 모양으로 폭사되어 홍공의 수강을 휘감았다.

그 옆으로 팽항적의 도강이 뿜어져 나왔다.

오호단문도-일도단천마(一刀斷天魔).

오로지 마교 놈들을 베어 죽이기 위해 개량되고 또 개량된 팽가의 오호단문도법이 지금 처음으로 세상에 공개된다.

홍공은 제왕검형과 오호단문도에 대해서는 이미 연구를 마친 지 오래였으나, 두 노고수가 오로지 마(魔)를 섬멸하기 위해 오랜 시간 개량에 개량을 거듭해 온 이 신기술에 대해서는 무지할 수밖에 없었다.

콰-콰콰콰콰콰쾅!

남궁천의 검강과 팽항적의 도강은 홍공의 수강을 파괴했고, 그 너머에 있는 실제 손바닥에도 가장 굵은 손금 두 개를 따라 깊은 상처를 내 놓았다.

"큭!"

홍공의 입에서 핏물 한 모금이 터져 나왔다.

그 틈을 놓치지 않고 남궁천과 팽항적이 칼을 들이밀었다.

홍공은 혈마대수인을 다시 전개할 시간이 없자 급한 대로 손가락을 꼬아 다른 무공을 펼쳐 냈다.

장송수(葬送手).

아까의 혈마대수인보다는 작으나 시전 속도가 훨씬 빠른 장법이다.

남궁천과 팽항적이 홍공을 조롱했다.

"밑천은 그게 다냐, 마교의 늙은이?"

"지금이라도 늦지 않았으니 천마더러 직접 오라고 해라."

그 도발을 들은 홍공은 삐뚜름하게 미소 지었다.

"오른눈과 오른팔이 있었다면 네놈들은 내 상대도 안 됐다. 그리고 내 소속은 더 이상 마교가 아니야."

"마교가 아니면 뭐냐?"

남궁천이 묻자 홍공은 순순히 대답했다.

"혈교다."

"……!"

그러자 팽항적이 재차 물었다.

"마교는 탈교를 용서치 않을 것인데, 거기에 새로운 교를 만들기까지 했다고? 교주가 가만히 있었나?"

"그럴 리가. 지금도 수배 중이지. 열심히 도망 다니는 중이야."

"마교에 있을 때의 계급이 뭐였나?"

남궁천의 물음에 홍공은 향수에 젖은 목소리로 대답했다.

"우사(右使). 천마의 우신장차사(右神將差使)였지."

"……!"

남궁천과 팽항적의 눈빛이 아까보다도 더 깊게 가라앉는다.

"여기서 반드시 죽여야 할 놈이었군. 어차피 살려 보낼 생각은 없었다만."

"우사 정도면 거물이지. 정도회맹 한두 번 망치는 것이 무에 대수겠나."

정도무림의 두 제왕이 필살(必殺)을 선언했다.

하지만 그럼에도 불구하고 홍공은 웃고 있었다.

"나야말로 정도무림의 두 정점을 창귀로 만들어 부릴 수 있다면 무엇이든 감수할 수 있다네. 육혼의 사 층계로 단숨에 뛰어오를 수 있을 것이야."

또다시 싸움이 시작되었다.

홍공은 남궁천과 팽항적의 합공에도 불구하고 물러서지 않은 채 맞서 싸웠다.

한 팔과 한 눈으로도 무시무시한 힘을 발휘하는 홍공을 보며 남궁천과 팽항적은 내심 놀라고 있었다.

그가 두 팔과 두 눈을 온전히 가지고 있었다면, 어쩌면 정말로 합공을 통해서도 그를 꺾을 수 없었을지도 모른다는 생각이 잠깐이나마 들었다.

바로 그때.

쩌―억!

별안간 홍공의 옆구리에서 핏물이 뿜어져 나왔다.

"……?"

홍공은 뒤에서 날아들어 자신의 옆구리를 베어 가른 참격의 홍수를 확인했다.

"허억…… 헉…… 크윽…….'"

매화검제 미경평.

그가 바닥에 떨어져 있던 검을 든 채 이쪽을 노려보고 있었다.

"선배님들…… 부족한 몸이지만…… 가세하겠습니다."

"오냐! 과연 맹주로구나!"

"오늘 받은 도움 중에 제일 쓸 만했다!"

남궁천과 팽항적이 옳다구나 싶어 홍공에게 달려들었다.

홍공은 손을 휘둘러 둘의 칼날을 막으려 했으나.

쌔애애액―

뒤에서 펼쳐지는 검제의 이십사수매화검법은 감히 얕볼 만한 것이 아니었다.

"……쳇. 호랑이들 싸움에 개가 와서 끼는구나."

하지만 그 개 한 마리가 지루하게 반복되던 소모전의 판도를 기울여 놓았다.

남궁천과 팽항적은 이내 홍공을 뒤로 밀어내기 시작했다.

홍공의 몸에는 점차 검과 도가 훑고 간 흔적들이 늘어나고 있었다.

바로 그때.

"삼 대 일은 조금 너무한 것 같으이. 우리 다음에 마저 겨루세나."

홍공이 전투를 포기했다.

그는 별안간 손가락을 입에 물더니 힘차게 호각 소리를 내었다.

삐이이이이익—

그러자.

쿠드득! 쿠드득! 쿠드득! 쿠드득!

언덕 아래에 파묻혀 있던 또 다른 강시들이 모습을 드러내기 시작했다.

남궁천화 팽항적, 그리고 미경평은 자신들의 시야를 가리는 강시들 때문에 일순간 홍공을 놓쳤다.

그리고 홍공은 그 찰나의 틈을 놓칠 만한 인물이 아니었다.

혈학익(血鶴翼).

한번 펼쳐지면 그 누구도 따라올 수 없는 절세의 경공이 펼쳐졌다.

…퍼엉!

눈 깜짝할 사이에 사라져 버린 홍공은 붉게 일렁이는 바람과 비릿한 피냄새만을 남기고 사라져 버렸다.

남궁천과 팽항적조차도 감히 어쩌지 못할 정도로 빠른 속도.

그것을 본 남궁천이 가만히 중얼거렸다.

"……그러고 보니 어디서 본 적이 있는 것 같은 경공술이로군."

다음에 '그 사내'를 만난다면 할 말이 무척 많을 것 같았다.

☆

홍공.

그는 남궁천과 팽항적을 따돌린 채 달리고 있었다.

손에는 혈도를 짚인 사마여리가 붙잡혀 있는 채다.

"으으음……."

사마여리는 의식이 있었으나 말을 하거나 몸을 움직일 수는 없었다.

홍공은 그런 사마여리를 내려다보며 비릿하게 웃었다.

"과연 핏줄은 못 속이는구나. 아주 닮았어."

사마여리는 홍공의 시선에서 느껴지는 오싹함에 몸을 파르르 떤다.

그러거나 말거나, 홍공은 말을 계속했다.

"마교에 몸담고 있을 시절, 나와 청춘을 함께 보냈던 부하가 하나 있었다. 악뇌(惡腦)라는 녀석이었지."

홍공은 사마여리의 뒷덜미를 잡고 들어 올렸다.

"그놈은 나를 따라서 마교를 등졌어. 그리고 해동으로 가는 기나긴 여정을 따라왔지."

"……."

"항해 도중 몹쓸 병에 걸려 허무하게 죽지만 않았어도 내게 큰 힘이 되었을 터인데."

사마여리는 홍공이 무슨 말을 하는지 하나도 알아들을 수 없었다.

그럼에도 불구하고 홍공은 계속해서 뇌까린다.

"앞으로는 네가 그 빈자리를 대신해야 한다. 너의 두뇌는 틀림없이 우수할 테니까 이대 악뇌가 되기에는 충분할 테지. 또한 곁에 두는 것만으로도 동창 놈들을 억제할 수 있을 것이고."

강시들이 만들어 내는 벽 너머로 홍공은 훨훨 날아간다.

그렇게 사마여리는 완전히 납치되는 듯했다.

…번쩍

별안간 하늘에서 뚝 떨어져 내린 한 사내가 아니었더라면 말이다.

서문경.

등천학관의 부교관, 아니 이제는 교관.

그의 얼굴을 본 사마여리의 표정이 일순간 환해졌다가 이내 다시 어두워졌다.

'저는 괜찮으니 도망치세요!'

아마 그녀가 말을 할 수 있었다면 분명 이렇게 외쳤을 것이다.

하지만, 서문경은 조금의 머뭇거림도 없이 창을 쥔 채 홍공에게 달려들었다.

퍼-억!

홍공은 재빨리 몸을 옆으로 틀었다.

창은 그의 옆구리를 깊게 훑고 지나간다.

"이런 빌어먹을 놈이!?"

홍공은 손가락을 꼰 채로 손바닥을 내질렀다.

장송수. 무시무시한 장법이 펼쳐져 서문경의 창날과 맞부딪친다.

…콰콰콰쾅!

서로의 내력이 맞닿아 깨지며, 강력한 풍압에 의해 주변에 있는 모든 것들이 찢어져 나부꼈다.

그것은 서문경의 얼굴을 덮고 있었던 가면 역시도 마찬가지였다.

"......!"

사마여리는 경악했다.

서문경의 얼굴이 찢어지며 드러난 맨얼굴을 보았기 때문이다.

추이는 매화귀창을 들어 홍공의 목을 겨누었다.

홍공은 소태라도 씹은 듯한 표정으로 그런 추이를 마주 본다.

"또 네놈이구나."

"......."

천적(天敵).

하늘이 점지해 준 적.

그것이 바로 추이와 홍공의 관계가 아니던가

추이는 홍공의 손에 잡혀 있는 사마여리를 보며 말했다.

"왜 그 생도를 잡아가려는 것이냐?"

홍공의 목적은 무림맹주의 암살이다.

분명 그럴 것이다.

하지만 그는 굳이 사마여리까지 납치해 가려 하고 있었다.

추이의 질문을 들은 홍공은 귀찮다는 듯 대답했다.

"등천학관에 심어 놓은 정보원들에게 폐기된 자료들을 전수조사하라고 시켰는데 말이야. 녀석들이 이 생도의 답안지 몇 장을 내게 가져오더군. 아주 인상적이었지."

"……."

"이 정도 재능을 가진 생도가 제대로 인정도 못 받고 있는 것이 안타까워서 내가 구제해 주려는 것뿐이다."

원래 모든 학관에는 첩자들이 있다.

그들은 우수하지만 인정받지 못하는 생도들을 빼돌려 포섭하는 역할을 맡는다.

정파의 등천학관에도, 사파의 귀곡학당에도, 어디에나 홍공의 정보원들은 있는 것이다.

하지만.

"그것이 검왕과 도왕에게서 도망치는 와중에 한눈을 팔 이유가 되나?"

추이는 눈치챘다.

홍공이 사마여리를 노리는 것에는 무언가 다른 이유가 있음을.

"그 생도는 데려가도 좋지만."

추이는 한 손으로는 매화귀창을, 다른 한 손으로는 나찰장의 초식을 전개했다.

"네 목은 내놓고 가거라."

창강과 수강이 동시에 날아든다.

홍공은 사마여리를 잡고 있는 상태였기에 다리만을 이용해 추이의 공격을 막아 낼 수밖에 없었다.

"빌어먹을 놈이로고."

혈학익. 피에 젖은 학처럼 우아하면서도 이질적인 발재간이 펼쳐진다.

그것은 홍공의 몸을 안전한 곳으로 이동시키면서 상대를 위험한 곳으로 몰아넣는 교묘한 동선을 만들어 내고 있었다.

하지만.

"그 경공술, 꽤 괜찮더군."

추이는 홍공의 혈학익을 거의 그대로 재현해 내고 있었다.

한 번 본 것은 절대로 잊지 않는 비범한 오성 덕이다.

"허."

홍공은 황당하다는 듯 뒤로 물러났다.

이윽고, 추이가 매화귀창을 휘둘러 시뻘건 호의 궤적을 여러 개 만들어 냈다.

혼원일기극. 대종사급의 무공이 양팔을 쓰지 못하는 홍공의 심장을 노린다.

"……."

별수 없이, 홍공은 사마여리를 뒤에 내려놓았다.

홍공이 왼팔을 쓰기 시작하자 기세가 확 변했다.

부글부글부글부글부글……

홍공의 전신에서 시뻘건 내력이 끓어오르는가 싶더니 이내 손바닥으로 모여들어 거대한 강기의 집약체를 형성했다.

"뒈져라!"

홍공이 좌장을 내질렀다.

혈마대수인(血魔大手印). 토법고로의 지층을 붕괴시켰던 대종사급의 무공이 펼쳐졌다.

추이 역시도 손바닥을 틀었다.

흑수나찰장(黑穗羅刹掌).

이 또한 나락노야의 성명절기였던 대종사급의 무공이다.

붉은 손바닥과 검은 손바닥이 맞부딪치며 주변의 모든 것들을 찢어발기기 시작했다.

그때, 홍공이 비릿하게 웃었다.

"큭큭큭— 여기서 더 힘을 쓰면 저년이 어찌 될지 모른다."

"……!"

추이는 아차 싶어 힘을 줄였다.

홍공의 뒤에 쓰러져 있는 사마여리에게 피해가 갈까 우려해서였다.

그것을 아는지 홍공은 계속해서 내력의 사출량을 늘렸다.

붉은 손바닥이 점차 검은 손바닥을 밀어내고 있었다.

……바로 그때.

키리리릭—

어디선가 쇠붙이들이 강하게 마찰하는 소리가 들리더니.

콰쾅!

홍공의 옆구리가 팩 꺾였다.

"……!"

내력이 흔들리는 것을 느낀 홍공이 황급히 옆을 돌아보았다.

그곳에는 아름다운 외모의 여자 한 명이 쇠부채를 든 채
서 있는 것이 보였다.

추이는 그를 보며 말했다.

"안 끼는 곳이 없군."

"지난번의 빚을 갚으러 왔습니다."

백면서생. 그녀가 추이의 옆으로 내려섰다.

차라라락— 철커덕!

백면서생의 쇠부채가 접히며 섭선의 형태가 짧은 곤의 형
태로 바뀌었다.

추이 역시도 매화귀창을 두 손으로 잡았다.

…번쩍!

추이의 백면서생은 가까이 애병을 들고 절기를 펼쳐 내다

홍공의 막강한 내력을 버텨 내며, 백면서생이 힘겹게 말했
다.

"이걸로 사비 도련님을 살려 주신 빚은 갚은 겁니다."

"아니. 오히려 네놈이 더 급해 보이는군. 사마여리와 무슨
관계냐?"

"무슨 말씀을……."

백면서생은 고개를 돌려 버렸지만 추이는 이미 그녀의 행
동에서 묘한 이질감을 찾아냈다.

무엇일까?

왜 동창의 특수요원이 사마여리를 지키려 하는 것일까?

혈교주 홍공은 또 왜 사마여리를 잡아가려 하는 것일까?

추이는 아주 오래 전, 사마여리가 했던 말 하나를 떠올렸다.

'*좋은 분들이셨지. 입양아인 나를 친딸처럼 귀여워해 주셨으니······.*'

언젠가 우연히, 그녀가 길가에 서서 혼자 중얼거리던 것을 들었던 기억이 있다.

'동창의 고수가 혈교를 견제하고 있는 것도 수상하군. 지금까지는 그냥 충신장의 난을 염려하는 것이라 생각했었는데, 토법고로의 일을 생각하면 마냥 그렇게 생각할 것만은 아니다.'

아마 동창이 혈교를 주시하고 있는 것에는 아주 복잡한 이면의 이유가 있을 것 같다는 생각이 들었다.

과거, 장강수로채의 진백정 강교가 인백정 가정맹을 감시하고 있었듯 말이다.

'이것은 적향에게 따로 물어봐야겠지.'

아무튼. 지금 중요한 것은 눈앞의 홍공을 죽이는 일이다.

추이는 계속해서 창을 휘둘러 홍공의 퇴로를 막았다.

홍공이 추이의 창을 피할라치면 어김없이 백면서생의 막강한 내력이 쇠부채를 통해 부채꼴의 형태로 뻗어 나왔다.

"피라미 둘이 힘을 합친다고 본좌를 이길 수 있을 성싶으

냐?"

홍공은 씹어 내뱉듯 말했으나.

"널 죽이진 못해도, 널 죽일 자들이 올 때까지 버틸 수는
있지."

"……!"

뒤이어지는 추이의 말에 홍공의 표정은 딱딱하게 굳어진
다.

검왕 남궁천. 도왕 팽항적.

그들의 내력이 점점 가까워지고 있었다.

추이와 백면서생의 합공은 꽤나 까다로운 것이어서 순식
간에 제압할 수가 없다.

그러는 동안에도 검왕과 도왕은 홍공을 계속해서 추격해
올 것이나.

"외통수로군."

홍공이 허탈하게 웃었다.

눈앞에서는 추이가 창을 겨눈 채 물고 늘어지고 있고, 뒤
에서는 백면서생이 사마여리를 보호하고 있다.

"원하는 것은 하나도 얻지 못했으나 별수 없지. 목숨이 제
일 소중한 것이니."

홍공의 눈빛이 변했다.

적이 도망갈 생각임을 직감한 추이가 재빨리 따라붙었다.

하지만, 그 또한 홍공의 노림수였다.

홍공은 달아나는 척 하다가 재빨리 바닥을 굴렀다.

나려타곤. 무림인들이 가장 수치스러워하는 구르기 동작을 홍공은 거침없이 시행했다.

그리고 이내, 아래에서 위로 쏘아져 오르는 수강이 추이의 복부를 노렸다.

…콰쾅!

아래에서 공격당한 추이의 몸이 얼마간 허공에 체류했다.

그 틈을 타 홍공은 앞으로 내달렸다.

마치 지면에 수평으로 뻗어 나가는 벼락처럼, 홍공의 몸은 붉은 선처럼 늘어지며 순식간에 시야에서 멀어진다.

"헉!?"

백면서생은 눈 깜짝할 사이에 자기 앞으로 다가온 홍공의 손바닥을 미처 피하지 못했다.

쩌-억!

백면서생이 나가떨어지며, 홍공은 손으로 사마여리의 목덜미를 다시 한번 붙잡았다.

"끌끌끌…… 잘 있거라, 머저리들아."

그것을 끝으로 홍공은 허공으로 떠올랐다.

이제 그 누구에게도 잡히지 않을 속도로 달려 나가기만 하면 그만이다.

추이와 백면서생이 다시 한번 달려들었으나 홍공은 미꾸라지처럼 뒤로 빠졌고 이내 활강할 준비를 마쳤다.

……별안간 홍공의 앞을 가로막은 두 여자만 아니었더라도 홍공은 무리 없이 도망칠 수 있었을 것이다.

"어딜!"

"가려고!"

검화 남궁율과 도화 호예양.

그 둘이 붉어진 뺨으로 홍공을 막아서고 있었다.

"뺨 때린 것 복수하러 왔다!"

"여리를 놔 줘!"

남궁율이 뿌린 검기와 호예양이 뿌린 도기가 일순간 홍공의 왼쪽 어깨와 겨드랑이를 찢어 놓았다.

"큭!?"

예상치 못한 불의의 기습에 천하의 홍공마저도 당황했다.

결국 그는 사마여리를 놓치고 말았다.

…탁!

왼쪽에 있었던 남궁율이 사마여리를 받아서 뒤로 물러난다.

"이런 빌어먹을 계집들이……!"

핏발 선 홍공의 눈이 아주 잠시 호예양에게 머물렀다.

하지만 호예양은 그저 잔챙이일 뿐, 진짜 위험한 놈들은 뒤에 있다.

이윽고. 홍공은 호예양에게서 눈을 떼고 저 뒤에서 달려드는 추이와 백면서생에게로 시선을 돌리려 했다.

바로 그 순간.

"……!"

홍공의 고개가 일순간 뚝 멎었다.

그는 자신이 호예양을 처음 봤을 때 했던 말을 떠올렸다.

'계집아이야. 너는 어째 얼굴이 눈에 익구나. 우리가 전에 어디서 만났었지?'

그 의문에 대한 답이 문득 떠올랐다.

본디 한 번 본 얼굴은 절대로 잊지 않는 자신의 기억력으로도 긴가민가하던 얼굴.

'조금 더 일찍 쳐 죽였어야 했는데. 한발 늦었구나.'

'너 같은 미물과 생사결이라니. 끌끌끌…… 내가 이런 곳에서 뭘 하고 있는 건지…….'

'끌끌끌…… 그동안 약재를 구해 오느라 고생 많았다. 황천길 앞에서 기다리거라. 곧 네 친구도 함께 보내 줄 터이니.'

언젠가, 어디선가 들었던 자신의 목소리.

그리고 그것과 겹쳐서 들려오는 환청.

'너는 우리 둘을 죽이겠지.'

'뒈져라. 마두.'

'멍청한 놈. 내가 뭐 하러 매일 네 잠자리를 살뜰히 살폈다고 생각했나. 조금씩, 조금씩, 매일 한 줌가량의 폭약을 묻어 놓았던 거야.'

'울지 마라. 불구 노인네 하나 죽이는 것쯤 아무것도 아니 었다.'

그것은 분명 토법고로 속의 무덤에서 겪었던 마방진 속의 환각이었다.

그때의 기억을 떠올리자 자연스럽게 추이가 했던 말도 떠 올랐다.

'나는 천상의 삼천대천세계(三千大千世界) 중 제 백팔수미세 계(百八須彌世界)에서 내려온 성좌(星座)이자 신선(神仙)이다. 금 륜(金輪)의 대지 위에 존재하는 아홉 대산과 여덟 대해(九山八 海)의 뜻을 대변하기 위해 그간 네 앞에 나타났던 것이다.'

'더 이상의 헛된 꿈과 몸부림은 그만두어라. 네가 꿈꾸는 대업은 실패로 끝난다. 너의 운명은 변방의 초라한 참호 속 에서, 하잘것없는 어린아이들이 놀잇감이 되어 끝나게 선계 되었다.'

'너는 몸도 마음도 불구가 된 채, 그 누구의 사랑도 존경도 인정도 받지 못한 채로, 이 세상에서 가장 외롭고 쓸쓸한 죽 음을 맞이하게 될 것이다.'

이 모든 것을 떠올린 홍공의 미간이 꾸깃꾸깃 구겨졌다.

"으아아아아아! 아니야! 그럴 리가 없다!"

홍공은 손을 뻗었다.

그리고 눈앞에 있는 호예양의 머리 전체를 틀어쥐었다.

"컥!? 끄으윽……."

호예양은 홍공의 왼팔을 움켜잡았으나 그것은 거대한 구렁이의 입안에 들어온 개구리의 몸부림과도 같았다.

퍼퍽! 푸욱!

홍공은 자신의 등에 추이의 창과 백면서생의 쇠부채가 떨어져 내리는 것도 무시한 채 호예양을 끌어당겼다.

"역시! 역시! 헌원의 육십갑자 마방진 속에서 봤던 그 얼굴이 틀림없구나! 내 너를 죽이든지, 세뇌를 하든지 해서 별들이 점지해 준 운명의 비밀을 풀리라!"

그것이 끝이었다.

홍공은 살점과 내장을 흘리며 달아났고 한번 달아나기 시작한 그를 따라잡을 수 있는 이는 아무도 없었다.

뿌득—

추이는 이를 갈며 홍공을 뒤쫓았으나 최후의 기력마저 쥐어 짜내어 도망치는 홍공을 따라잡는 것은 아직도 역부족이었다.

사마여리는 지켜 냈으나 호예양이 잡혀 갔다.

"……. ……. ……."

이 사실이 추이의 마음을 무겁게 만들고 있었다.

…퍼펑!

홍공은 있는 힘을 모조리 쥐어짜 내달렸다.

내력이 다 고갈될 무렵, 그는 쓰러져 가는 한 관제묘에 도착할 수 있었다.

그곳에는 사슬 목줄이 채워진 혈강시 네 구와 그것들이 받들고 있는 가마가 보인다.

"출발해라! 어서!"

홍공은 강시들이 들고 있는 가마에 올랐다.

강시들은 이내 가마를 들고 나는 듯이 달리기 시작했다.

"휴우……."

홍공은 눈을 감고 운기조식을 하기 시작했다.

육혼의 삼 층계에 이른 절대자의 특권일까?

아주 잠깐의 휴식만으로도 내력은 빠르게 차오르고 외상 역시도 순식간에 아물어 버린다.

이윽고, 홍공은 어느 정도 몸과 마음을 추스른 뒤 가마 한구석을 보았다.

호예양이 기절해 있는 것이 보인다.

아마 아까 머리통을 쥐었을 때 너무 세게 쥔 모양.

"일어나라, 이년아."

홍공은 호예양의 뺨을 후려쳤다.

그러자 호예양이 천천히 눈을 뜬다.

"……?"

그녀는 한동안 눈을 깜빡거리며 주변을 둘러보았다.

그리고 얼떨떨하다는 듯한 목소리로 홍공을 향해 물었다.

"누, 누구세요?"

"?"

홍공이 눈썹을 꿈틀 움직였다.

"누구냐니? 내가 기억나지 않느냐?"

"……네. 아무것도. 아무것도 모르겠어요. 여기는 어디죠?
저는 누구인가요?"

호예양은 아마도 아까의 충격으로 인해 기억을 모두 잃어
버린 듯했다.

"빌어먹을."

홍공은 손으로 이마를 짚었다.

'이년을 족쳐서 헌원의 마방진 속에서 본 환각을 연구하려
했거늘, 기억이 날아갔다면 일에 차질이 생긴다. 차라리 산
채로 두개골을 열어서 뇌를 들여다볼까?'

그는 호예양을 어떻게 처리해야 할지에 대해 고민하기 시
작했다.

'그래도 나름 자질이 비범해 보이는 년인데. 잘 세뇌하고
훈련시키면 장차 혈교의 차사로 써먹을 수 있을지도…… 고
독을 심고, 환술을 걸고, 온갖 주박을 둘둘 감아 놓으면 절대
배신도 못할 테니…… 별들의 비밀은 그 이후에 차차 파헤쳐
도…….'

바로 그때.

덜커덩!

별안간 마차가 기울어지기 시작했다.

"뭐냐!?"

홍공은 재빨리 고개를 밖으로 뺐다.

그러자 놀라운 광경이 보였다.

"……!"

마차를 나르던 혈강시 네 구의 다리가 무릎 아래부터 모조리 잘려 나간 것이다.

콰콰콰쾅!

마차는 근처에 있는 바위에 부딪쳐 쓰러졌다.

그 안에 있던 호예양 역시도 밖으로 튕겨 나왔고 재차 기절했다.

"이게 무슨……."

홍공은 고개를 돌렸다.

혈강시 네 구는 다리만 잘린 것이 아니었다.

네 구 모두 미간에 손톱만 한 구멍이 꽃 모양으로 뚫려 있는 것이 보였다.

"누구냐?"

홍공이 고개를 들었다.

그러자 말라 죽은 수양버들 위로 그림자 하나가 일렁거린다.

죽립을 쓰고 검은 흑포를 두른 사내.

그의 왼쪽 팔 소매가 바람에 휘날려 공허하게 펄럭거리고
있었다.

"드디어 만났군. 우사(右使)."

"……!"

홍공의 낯빛이 순간 어두워졌다.

자신을 이런 직급으로 부르는 이들은 딱 한 부류밖에 없
다.

홍공은 식은땀 한 방울을 흘렸다.

그러고는 뒤로 반 보를 물러났다.

"……누구냐고 물었다."

"새로운 좌사(左使)."

외팔 사내가 홍공의 앞으로 뚝 떨어져 내렸다.

그는 홍공의 텅 빈 옷소매를 보며 웃는다.

"오른팔이 없는 우사와 왼팔이 없는 좌사라. 이 또한 인연
이 아닌가."

마교의 신(新) 좌신장차사(左神將差使)가 교를 배신하고 탈주
한 구(舊) 우신장차사(右神將差使)를 단죄하러 온 것이다.

정도회맹이 끝났다.

하지만 대참사의 후유증은 이제 시작이었다.

회맹 중에 난입해 든 세외의 마두들 때문에 무림맹주가 망신을 겪었고 일반인 사망자도 수천 명이 넘게 나왔다.

하지만 그럼에도 불구하고 정파무림의 분위기가 완전히 침체되어 있는 것은 아니었다.

검왕 남궁천과 도왕 팽항적.

이 둘이 수십에 이르는 대마두들을 모조리 끔살해 버린 것은 오히려 정파무림의 위신을 크게 일으켜 세우는 계기가 되었다.

이후 무림맹과 정도십오주의 각 세력들은 조속히 천라지망을 선포했다.

일 순위 척살대상은 혈교주 홍공.
이 순위 척살대상은 이름을 알 수 없는 마교의 좌사.
삼 순위 척살대상은 북해빙궁의 북궁상.

바야흐로 전 무림을 뒤흔들어 놓을 만한 대격변이 벌어지고 있었다.

사마여리.

그녀는 지금 등천학관의 사무처 앞에서 당황하고 있었다.

"사표 내셨는데요."

서문경 교관을 찾는다는 말에 직원은 저 심드렁한 한마디를 내뱉은 뒤 어디론가 바삐 가 버렸다.

사마여리는 조용히 고개를 떨구었다.

'그분께서는 나를 지키려고⋯⋯.'

사마여리는 서문경의 맨얼굴을 보았다.

서문경이 무슨 목적으로 얼굴에 가면을 쓴 채 등천학관으로 잠입했는지는 모르겠으나, 그는 분명 사마여리 때문에 위장한 신분을 버려야 했다.

'나는 아직 고맙다는 말도 못 했는데.'

동급생들에게 따돌림과 괴롭힘을 당할 때, 구해 줘서 고맙다고 말하지 못했다.

아무도 자신의 학업에 관심을 가져 주지 않았을 때, 자신의 재능을 알아봐 주고 믿어 줘서 고맙다고 말하지 못했다.

당장 다음 학기 등록금도 없어서 학관을 떠날 생각을 하고 있을 때, 후원금을 줘서 학업을 계속할 수 있게 된 것에 대해 고맙다고 말하지 못했다.

무시무시한 대마두의 손길 앞에서 떨고 있을 때, 목숨을 걸고 대마두와 싸워 자신을 구해 준 것에 대해 고맙다고 말하지 못했다.

이토록, 아직 말하지 못한 것이 너무나도 많은데 그는 떠나 버렸다.

'……'

사마여리의 두 눈이 뿌옇게 물든다.

이윽고 눈에 차오른 물기가 범람하여 두 뺨을 적셨다.

바로 그때.

"여리."

뒤에서 누군가가 사마여리를 불렀다.

고개를 돌린 곳에는 남궁율이 서 있는 것이 보인다.

그녀는 어디론가 떠나려는 듯 행장 차림이었다.

등에는 봇짐까지 야무지게 싸 놓은 것이 제법 먼 길을 떠나려는 모양이다.

하지만 무엇보다 놀라운 것은, 그녀가 긴 머리를 싹뚝 잘라 낸 채 남장을 하고 있다는 사실이었다.

시미어리기 얼떨떨하게 물었다.

"어디 가시게요?"

"예양을 찾으러 갈 거야."

남궁율은 침착한, 그러나 뜨거움이 느껴지는 목소리로 대답했다.

"추이 대협은 분명 예양이를 구하러 가시겠지. 나 역시 그럴 거고. 그렇다면 언젠가 그곳에서 다시 만날 수 있지 않을까 싶어서."

"……"

사마여리는 입을 다문 채 말이 없다.

남궁율은 그런 사마여리에게 물었다.

"함께 가지 않을래?"

남궁율의 제안을 거부할 이유는 없었다.

그러나.

'너는 황실비무연에도 나갈 수 있을 것이다.'

귓가에 들려오는 환청이 사마여리를 머뭇거리게 만들고 있었다.

'믿어라. 너는 충분히 해낼 수 있다.'

서문경, 아니 추이에게 들었던 마지막 말.

그때 그는 분명 사마여리가 황실비무연에 참가하기를 바라고 있었다.

'혹시…… 이번 기말에 주작관의 평균치를 끌어올려서…… 만약 주작관이 황실비무연에 나갈 자격을 얻게 된다면…… 그러면 저는 상을 받게 되나요?'

'물론이다. 학업우수상과 장학금이 수여될 것이다.'

'그런 상 말고요.'

'무엇을 원하나.'

'밥 사 주세요. 저번처럼.'

'알겠다.'

'학관 안에서 말고요. 밖에서. 근사한 곳에서요.'

'그것도 알겠다.'

그때의 대화를 떠올린 사마여리는 고심했다.

추이가 등천학관에 사표를 제출하고 떠난 지금, 그때 했던 대화를 되짚는 것이 무슨 의미가 있으랴.

'······.'

하지만 어째서인지 사마여리는 추이가 남겼던 그때의 그 말을 자꾸만 곱씹고 있었다.

그것은 거의 본능과도 같은 것이었다.

결국, 사마여리는 대답했다.

"저는 이곳에서 해야 할 일이 아직 남은 것 같아요."

"그렇구나."

남궁율은 고개를 끄덕였다.

사마여리가 호예양을 구하러 가는 일에 동참하지 않은 것은 서운한 일이었지만······ 지금껏 지켜봐 온 그녀는 결코 허튼 행동을 할 인물이 아니었다.

그녀가 남기로 결심했다면 필히 그럴 만한 이유가 있으리라.

그래서 남궁율은 사마여리의 손을 꼭 잡아 줄 뿐이다.

"몸조심해."

"이곳의 일이 해결되면 바로 따라갈게요."

"그래. 건강하고. 편지 할게."

"꼭이요."

그것으로 두 여자는 헤어졌다.

사마여리는 머지않은 황실비무연을 준비하기 시작했고,

남궁율은 등천학관에 또다시 휴학계를 제출했다.

"그분을 따라가는 것은 이제 익숙하지."

남궁율은 남장을 한 채로 씩씩하게 걸어간다.

지평선 너머, 노을 지는 산천 저 너머를 향해서.

비가 내리는 밤.

추이는 현재 홍공의 뒤를 짚어 가고 있었다.

사표는 정도회맹 전에 이미 제출했다.

일이 이렇게 될 것에 대비하기 위함이었다.

"……."

추이는 축축하게 젖은 흙 위에 떨어진 핏자국들을 쫓아서 산을 넘고 개울을 건넜다.

빗줄기가 더 심해지기 전에 단서들을 찾아야 했으므로 추이의 마음은 조급했다.

이윽고, 추이의 눈앞에 폐허가 된 관제묘가 나타났다.

이곳에서는 격렬한 전투가 벌어졌던 듯, 근처의 나무와 바위들이 죄다 박살 나 있었고 곳곳에 핏자국이 가득하다.

추이는 격전지 주변을 샅샅이 훑어보았으나 이곳을 중심으로 반경 수백 리 근처에는 아무런 흔적도 남아 있지 않았다.

마치 이곳에서 싸우던 이들이 한꺼번에 하늘로 솟구쳐 사라진 듯 말이다.

"……."

추이는 전투의 흔적을 되짚어 나갔다.

홍공은 분명 이곳에 있었다.

놈은 혈강시들이 모는 가마를 타고 관제묘를 벗어나려 했을 것이다.

그때 의문의 고수가 나타나 홍공을 습격했고 그 둘은 이곳에서 생사결을 벌였다.

문제는 격전지가 너무나도 심하게 초토화되어 있어서 아무런 흔적도 남지 않았다는 것이다.

핏자국 역시도 그들의 것인지, 아니면 무고하게 찢겨 죽은 신김승들의 것인지 알 도리가 없었다.

"……."

추이는 아무런 말도 하지 못했다.

이번 생에서는 행복해야 할 전우 호예양이 홍공에게 납치되었다.

홍공의 손아귀 안에 떨어진 그녀가 어떤 끔찍한 꼴을 겪게 될지 잘 알고 있었기에 추이의 마음은 더더욱 조급했다.

그래서일까?

추이는 자신을 향해 접근하는 상대를 향해 다소 신경질적으로 창을 내질렀다.

쩌-엉!

추이의 창은 쇠부채를 뚫고 틀어박혔다.

백면서생. 남자의 몸으로 돌아온 그는 황급히 쇠부채를 집어 던지고는 뒤로 펄쩍 뛰어 물러났다.

"살기가 하도 등등하여 마귀인 줄 알았소."

"뭐냐."

추이는 대화를 길게 할 기분이 아니었다.

회귀하기 전의 전우를 잃은 상황이니 당연한 일이다.

하지만 백면서생의 입에서 나온 말은 추이의 귀를 번쩍 뜨이게 만드는 것이었다.

"그대가 찾는 생도의 위치를 알고 있소."

"……뭐?"

추이의 눈이 가늘어졌다.

'네가 무슨 수로?'라고 묻는 표정.

하지만 백면서생은 확실하게 말했다.

"백호관의 범행기 생도 도화(刀花) 호예양. 동창의 정보력을 우습게 보지 마시오."

"어디 있나?"

"이미 멀리 떠났소. 따라가 봐야 소용없을 것이오."

"어디 있냐고 물었다."

추이의 고저 없는 목소리에 백면서생은 질렸다는 듯 고개를 절레절레 저었다.

"진정하시오. 일단 그대가 걱정하는 일은 벌어지지 않았소."

"······?"

"혈교주는 그 생도를 놓쳤소이다."

백면서생의 말에 추이는 일단 일차적으로 안도했다.

홍공의 손만 벗어났으면 된다.

그렇다면 추후 어떤 식으로든 찾을 수 있을 것이다.

"다만."

하지만 백면서생의 말은 아직 끝나지 않았다.

"어쩌면 상황이 더 안 좋아졌을 수도 있겠소."

"왜지?"

"마교에서 나온 정체불명의 고수가 그 생도를 데려갔다고 하오. 산 채로."

"······!"

추이의 눈이 별안간 동그랗게 변한다.

백면서생은 침음을 삼키며 말했다.

"그 마교의 고수가 누구인지, 별호나 이름이 무언지, 아직은 아무도 알지 못하오. 그저 새로 임명된 좌사라는 것밖에는······."

"그렇군."

추이는 다시 격전지로 고개를 돌렸다.

아까보다는 훨씬 가라앉은 모양새였다.

"그 정보가 확실한 것이 아니라면 너는……."

"내 목을 걸고 장담하오. 약초꾼으로 위장한 채 삼 년을 잠복하고 있던 우리 정보원들이 두 눈으로 똑똑히 보고 전달한 보고니까 믿어도 좋소."

백면서생이 이렇게까지 말한다면 과연 신빙성이 있었다.

'그렇다면 이곳에서 현(現) 좌사와 구(舊) 우사가 붙었다는 이야기인데…….'

추이는 격전지의 모양새를 한번 더 자세히 살폈다.

그러고 보니 난다.

아까부터 계속 희미하게 코끝을 스치고 있었다.

마치 만 리 밖에서 풍겨 오는 것 같은 이 꽃내음.

매화만리향(梅花萬里香).

……이것은 분명 매화의 향기였다.

백면서생이 돌아서며 말했다.

"이것으로 정말 빚은 다 갚았소."

"다시 보지 않기를 빌지."

그의 등을 향해 추이는 짧게 말했다.

나름대로의 작별 인사였다.

저벅- 저벅- 저벅- 저벅-

추이는 백면서생이 사라진 방향의 반대 방향으로 걷기 시작했다.

'……결국 호예양은 마교로 가게 되었는가.'

추이는 회귀하기 전의 삶을 떠올렸다.

만약 그 비 오던 밤에, 자신이 죽고 호예양이 살았으면 어떻게 되었을까?

호예양은 아마 자신을 구해 준 사람을 따라갔을 것이고, 어쩌면 똘똘한 호예양 덕분에 그도 죽지 않았을지도 모른다.

그렇게 되었다면 호예양은 아마도 마교에 몸담게 되지 않았을까.

'소속이 어디든 상관없지. 살아만 있다면.'

어디에 있든 몸 성히 생존해 있으면 그만이다.

목숨만 건강하게 부지할 수 있으면 얼마든지 권토중래(捲土重來)가 가능한 것, 그것이 인생 아니겠나.

'일단 적향에게 서신을 보내야겠군.'

호예양을 데려간 마교의 좌사는 아마 강물을 타고 이동할 가능성이 컸다.

그러니 강의 주인에게 연락하는 것이 그들의 정보를 얻는 가장 빠른 길이리라.

바로 그때.

"……!"

추이는 이쪽을 향해 날아드는 거센 바람 소리를 느꼈다.

백면서생 때와는 달리, 훨씬 더 파괴적인 살초였다.

쾅!

추이가 창을 뻗자 굵은 봉이 창날과 부딪쳐 요란한 굉음을 터트렸다.

최최최촥!

봉은 눈 깜짝할 사이에 삼십육 개로 불어나며 추이의 몸 곳곳을 노렸다.

그러나.

추이는 너무나도 쉽게 창을 뒤집었고 그대로 봉을 바닥으로 날려 버렸다.

그리고 손을 뻗어 습격자의 목을 잡아챘다.

"큭!?"

이윽고, 추이를 향해 봉을 휘두른 이의 얼굴이 달빛 아래 훤히 드러난다.

현무관의 교관 구예림.

그녀가 한쪽 눈을 잔뜩 찡그린 채 추이를 노려보고 있었다.

추이가 물었다.

"왜 따라오나?"

"아버지의 원수! 그동안 나를 기만했던 것이냐?"

구예림은 소리치듯 외쳤다.

하지만 추이는 그저 어깨를 으쓱할 뿐이다.

퍼-억!

추이의 주먹이 구예림의 복부에 꽂혔다.

"커헉! 꺽……."

구예림은 허리를 꺾은 채 토했다.

추이는 그런 구예림을 내려다보며 특유의 무뚝뚝한 어조로 말했다.

"원수니 뭐니, 나는 모른다."

아무런 감정도 없는 표정, 건조하기 짝이 없는 목소리.

"나는 내 마음 가는 대로 살 터이니 너도 네 마음 가는 대로 살아라."

언젠가 패도회의 기루를 불태우며 기녀들에게 했던 말이다.

그렇게, 추이는 불어오는 바람을 따라 떠나 버렸다.

구예림은 배를 움켜잡은 채 한동안 땅에 엎드려 있었다.

그녀의 등이 가늘게 떨린다.

"나쁜 새끼…… 진짜 나쁜 새끼……."

구예림은 울고 있었다.

자신을 버렸던 아버지의 원수라고 해 봤자 지금 와서는 크게 와닿는 것도 없다.

하지만 자신의 마음속 깊은 곳에서 타오르는 그 감정을 부정하기 위해서라도, 구예림은 무언가 핑계를 댈 명분이 필요했다.

"두고 봐…… 반드시 내 앞에 무릎 꿇고…… 사과하게 만들어 주겠어……."

추격자 하나가 늘어나는 순간이었다.

사도련(私道聯)

…파앗!

어두컴컴한 석실 안이 밝게 빛난다.

청색, 황색, 적색, 흑색, 백색의 모란(牡丹)이 피어나며 옥색의 빛무리가 잎사귀의 형태로 뻗어 나가고 있었다.

삼양취정(三陽聚頂), 오기중양신(五氣中陽神), 중원군화(中元君火), 내원초월(內元超越).

이윽고, 화화(花花)의 훈륜(暈輪)을 후미에 두른 이가 가부좌를 풀었다.

해백정 적향.

그녀는 감았던 눈을 뜨고는 몸을 일으켰다.

"……드디어 성취를 이루었구나."

장강수로채의 채주가 된 이래 어린 나이와 여자라는 성별, 그리고 다른 사도십오주의 정점들에 비해 많이 처지는 무공 수준 때문에 수많은 설움을 겪어 왔다.

하지만. 적향은 약관이라는 어린 나이에 절정의 반열에 올랐던 천무지체(天武之體)였다.

장강수로채의 채주가 된 이후 그녀는 스승이 안배해 놓은 영약과 비급, 그리고 본인의 부단한 노력으로 인해 대오각성(大悟覺醒)을 이루어 냈다.

방금 전 느낀 강렬한 영감과 깨우침은 적향으로 하여금 오랜 전율을 느끼게끔 만들었다.

"큰 거 한 방에 인생은 예술이 된다더니. 그 말이 딱 맞네요, 스승님."

적향은 스승이 살아생전 늘 하던 말을 떠올리며 옅게 웃었다.

단 한 번의 깨달음으로 오랫동안 가로막혀 있던 벽을 넘었으니 이제는 쭉 펼쳐진 길을 따라 전력으로 달려 나가는 일만 남은 것이다.

……바로 그때.

"채, 채주님!"

석실의 문 너머에서 다급한 목소리가 들려왔다.

적향이 고개를 돌렸다.

"뭐냐? 명상 도중에는 방해하지 말라고 했을 터인데?"

"소, 송구합니다. 한데 워낙 급한 일이……."

문 너머에서 들려오는 부하의 목소리가 심상치 않다.

적향이 문을 열고 나가니 몇 명인가의 부하들이 머리를 조아리고 있는 것이 보였다.

하나같이 눈이 피멍이 들었고 이마에서 피가 줄줄 흘러나오고 있는 상태였다.

문제는 이들이 하나같이 백두급의 고수들이라는 사실이었다.

"지금 바깥에 채주님을 찾는 괴인이 하나 있습니다."

"당장 채주님과 만나 봐야겠다며 난장을 피우고 있는데…… 무공이 너무 강하여 도무지 손을 쓸 수가……."

"밑에 애들이 손봐 주려고 나갔다가 전부 당했고 저희들은 말이나 전하라며 돌려보냈습니다."

그 말에 적향의 미간이 꾸깃 접혔다.

"천두들은 무얼 하고 있나?"

"그것이……."

부하들의 대답은 놀라웠다.

마침 본채에 상주하고 있었던 천두들 중 네 명이 침입자를 격퇴하기 위해 나갔다가 모두 두들겨 맞고 기절했다는 것이다.

"어떤 새끼가 감히 장강수로채를 상대로……."

적향은 두 개의 쌍도끼를 단단히 말아 쥐었다.

그리고 격퇴할 길이 보이지 않는다는 침입자를 향해 성큼 성큼 걸어 나갔다.

무공의 수위도 대폭 상승했겠다, 오늘 간만에 푸닥거리 한 번 거하게 할 요량이었다.

᠁

"진정해라. 나는 채주를 만나고 싶을 뿐이다."

추이는 특유의 무표정한 얼굴로 가만히 서 있었다.

하지만 가만히 서 있는 것은 지금만 그런 것이고, 방금 전까지 앞을 가로막고 있었던 백두급 수적들 몇을 두들겨 패기절시켜 버린 마당이었다.

"먼저 건드리지 않으면 나도 건드리지 않는다."

추이는 손에 묻은 피를 털어 내며 말했다.

하지만 당연하게도, 반응은 별로 좋지 않았다.

"장강수로십이채의 채주님이 네놈 친구더냐?"

"미친놈. 믿는 구석이 있는 모양인데, 너 상대를 잘못 골랐다."

"운도 없구나. 마침 우리 천두들이 본채에 들렀을 때 쳐들어오다니."

"내 부하들의 피 한 방울은 비싸다. 네놈은 이 혈채를 단단히 치러야 할 거야."

네 명의 천두들이 추이를 포위했다.

그들도 눈이 있는지라 일류에서 초일류급의 백두들이 손한 번 제대로 써 보지 못하고 바닥을 나뒹구는 것을 똑똑히 보았다.

그래서 그들은 매우 조심스러운 움직임으로 추이를 견제하고 있었다.

한편, 추이는 눈앞에 있는 새로운 천두들의 면면을 살폈다.

'수준이 전보다 많이 높아졌군.'

예전 삼령오신(三令五申) 때의 수적 나부랭이들이 아니었다.

그들은 적향의 체계적인 훈련과 가르침 속에 정예로 성장했고 이제는 하나하나가 무시 못 할 실력을 가지고 있었다.

특히나 지금 추이의 앞을 가로막고 있는 천두들은 모두가 절정고수였다.

'그렇다는 것은 적향의 실력 역시도 많이 늘었다는 뜻이겠지.'

현재 장강수로채는 수적 집단에서 항해를 도와주는 집단으로 바뀌었다고 들었다.

험준한 협곡이나 물살이 센 곳 등을 항해할 때 다른 배들을 호위해 주거나 더 빠른 물길을 알려 주는 식으로 수채의 운영 방식을 바꾸었다나.

그래서 추이는 굳이 이 수적들에게 가혹하게 대할 생각이 없었다.

그래서 그냥 조용히 채주만 만나겠다고 말했던 것이었으나, 눈앞의 천두들은 그렇게 놔둘 생각이 전혀 없어 보였다.

'뭐, 나쁘지 않지. 이번 기회에 얼마나 늘었나 한번 확인해 볼까.'

추이는 겸사겸사라는 마음으로 발을 내디뎠다.

곧바로 네 천두들이 반응한다.

부웅- 쉐애애액!

공교롭게도, 눈앞의 천두들은 모두 창을 쓰는 이들이었다.

그들은 전방위에서 창을 휘둘러 베고 찌르며 밀려 들어온다.

추이는 몸을 틀어서 동서남북을 옥죄여 오는 창날들을 피해 냈다.

천두들의 창은 빠르고 매서웠으나 이미 초절정의 영역에 올라선 추이의 솜씨에 비할 바는 아니었다.

추이는 자신의 옆구리를 스쳐 지나는 창날을 향해 훈수를 두었다.

"창대의 뿌리 쪽을 잡고 길게 찔러야 한다."

창을 내지르던 천두는 자신의 창을 너무나도 쉽게 피하는 추이의 움직임에 경악해야 했다.

"어중간하게 잡으면 뻗는 거리가 짧아지고, 뻗는 거리가 짧아지면 허허실실과 기기정정이 사라진다."

추이의 손등이 창날을 밀어낸다.

동시에 손가락 끝이 마치 창처럼 뻗어 나가 천두 하나의 가슴팍을 찔렀다.

"나아감은 날카롭게, 물러남은 빠르게, 기세는 준험하게, 마디는 짧게, 움직이지 않을 때는 산과 같고, 움직일 때는 우뢰와 같아야 한다. 그러지 않으면 창을 쓰는 의미가 없지. 차라리 손으로 싸우는 편이 나을 것이다."

추이의 손가락에 가슴을 찔린 천두는 마치 쇠붙이에 찔린 것처럼 입을 쩍 벌리더니 그대로 풀썩 쓰러져 버렸다.

남은 세 천두가 기함하는 것도 잠시, 추이가 또다시 몸을 움직였다.

키리리릭―

정신을 차린 다른 천두가 창을 뻗어 왔다.

추이의 몸을 휘감듯 몰아치는 베기가 이어진다.

하지만.

"창을 감아 베는 것은 쓸 만하지만 보법이 전혀 따라오지 못하고 있다. 창을 세게 휘두를 때 발이 움직이지 않는다면 반쪽짜리다. 창과 발은 항시 같은 방향이나, 항시 반대 방향으로 움직여 주어야 한다. 그러지 못한다면……."

추이는 목을 감아오는 창날을 물 흐르듯 흘려보낸 뒤 곧바로 창 주인의 품속으로 파고들었다.

"이렇게 곧바로 선수를 빼앗기게 되지."

동시에 추이의 발길질이 천두의 관자놀이에 꽂혔다.

천두는 마치 실 끊어진 인형처럼 바닥에 풀썩 쓰러지게 되었다.

앞서 쓰러진 천두와 마찬가지로 피 한 방울 흘리지 않은 채 기절해 버린 것이다.

"으아아아아! 이 괴물 놈!"

"이렇게 된 이상 동귀어진이다!"

두 명의 천두가 괴성을 지르며 창을 내질렀다.

하지만 추이의 목소리는 여전히 무미건조하다.

"상대를 찌를 때는 냉정함을 잃지 않아야 한다. 감정이 움직이면 손끝도 움직이게 되고, 손끝이 움직이면 창끝도 움직이게 된다. 그러면 목표를 제대로 맞힐 수가 없다."

추이는 양손으로 두 개의 창날을 잡아챘다.

그러고는.

…우지직!

두 개의 창을 그대로 꺾어 부러트려 버렸다.

"그리고 무기는 어지간하면 좋은 것을 써라."

그 말이 끝이었다.

콰—쾅!

추이는 바닥에 있는 자갈들을 걷어찼고 천두들은 그것을 피해 혼비백산하여 고개를 숙였다.

그러느라 훤히 드러난 뒷덜미를 향해, 추이는 양손의 수도를 내리찍었다.

퍼퍽!

두 천두는 그대로 개흙에 얼굴을 처박았고 일어나지 못했
다.

"끝이다."

추이는 조용히 몸을 돌렸다.

"......"

"......"

"......"

지켜보고 있던 부하 수적들이 입을 떡 벌린 채 서 있는 것
이 보인다.

"채주에게로 안내해라."

추이의 목소리에는 처음과 똑같이 아무런 고저가 없었다.

수적들이 이러지도 저러지도 못한 채 주춤거리고 있을 때.

"비켜라."

뒤에서 차가운 목소리가 들려왔다.

적향. 그녀가 모습을 드러낸 것이다.

"......!"

추이는 적향의 얼굴을 보며 눈을 가늘게 떴다.

장강의 햇볕에 그을린 갈색 살결.

남자처럼 짧게 잘라 버린 머리카락.

콧잔등을 가로지르고 있는 긴 칼자국.

외모는 예전과 그리 달라진 것이 없으나 풍겨 나오는 기세는 확연히 달라졌다.

장강수로채의 전대 채주였던 거정 공제환.

그가 살아 있었다면 저런 느낌이었을까 싶을 정도로 무거운 기세.

'……그새 깨달음이 있었나 보군.'

처음 만났을 때부터 자질이 비범한 여자이기는 했다.

아마도 당대에 몇 없다는 천무지체, 즉 천상성(天傷星)의 별자리를 타고났기 때문일 것이다.

'그 정도의 자질을 가진 자는 당결하 정도밖에는 보지 못했었지.'

추이는 지금 적향의 무위가 회귀하기 전에 만났던 혈측천(血則天)의 것과 거의 흡사해졌음을 직감했다.

한편, 그런 적향의 뒤에는 세 명의 다른 천두들이 서 있었다.

하나같이들 다 분노로 씩씩거리고 있는 채였다.

"채주님! 제가 나서겠습니다!"

"제게 기회를 주십시오! 모가지를 따 버리겠습니다!"

"여차하면 동귀어진의 수를 써서라도 기필코 이 수모를……!"

천두들은 쓰러진 동료들을 바라보며 이를 간다.

하지만 적향은 귀찮다는 듯 그들을 향해 손짓했다.

"아서라. 같은 솥밥을 먹는 식구들끼리 더 싸울 것 없다."

"······?"

적향의 말을 들은 천두들은 그녀의 말을 이해하지 못해 고개를 갸웃한다.

식구라니?

눈앞에 있는 저 괴인이 왜 같은 식구란 말인가?

그러자 적향이 말을 이었다.

"너희들은 가정맹 때의 일을 잊었느냐?"

그 말에 수적들의 두 눈이 휘둥그레진다.

인백정 가정맹.

그가 저질렀던 끔찍한 반란을 어찌 잊겠는가

장강의 큰 지류가 온통 피로 물들었던 그날의 참상을 말이다.

적향은 수적들을 향해 말을 이었다.

"그때의 일을 수습해 준 은인의 얼굴 정도는 기억해야지. 아무리 거지 꼴을 하고 왔더라도 말이다."

"······!"

적향의 말에 수적들의 시선이 다시 한 곳을 향해 쏠렸다.

바로 추이가 서 있는 곳이었다.

"서, 설마······?"

"그, 그, 그러고 보니 저 체형, 저 목소리······."

"헉! 머리카락이 너무 길어져서 몰랐는데, 혹시?"

적향의 뒤에 서 있던 천두들이 헛바람을 집어삼켰다.

적향이 그런 수적들을 향해 쐐기를 박았다.

"우리 장강수로채의 은인이자 친구이며 첫 번째 천두인 '급시우'가 왔다. 뭣들 하느냐?"

급시우(及時雨).

가뭄에 때 맞추어 내리는 비.

그 별호를 들은 모든 수적들이 추이의 앞으로 일제히 한쪽 무릎을 꿇었다.

"추이 천두님을 뵙습니다!"

간만에 돌아온 장강(長江)이었다.

추이는 적향을 따라 채(砦) 안쪽으로 들어갔다.

협곡 높은 곳에 있는 이 고개는 한때 육십 명 이상의 사람들이 무리 지어야만 넘어갈 수 있다고 해서 육십령 고개라는 지명으로 불렸던 곳이었다.

지금은 적향을 비롯한 장강수로채의 무인들이 치안을 지키고 있기에 더 이상 그런 이름이 아니었지만 말이다.

추이는 앞서가는 적향을 향해 말했다.

"그간 일이 많았나 보군."

"……많았지."

적향은 피식 웃었다.

하지만 그 웃음 뒤에는 참으로 많은 소회들이 가려져 있었다.

"채주가 약하니 주변에서 시비를 걸어오는 세력들이 끊이질 않더군."

"하극상은?"

"다행스럽게도 그런 적은 없었고. 다 네 덕분이지. 떠나면서 기강을 확실하게 잡아 주고 갔으니 말이야."

하극상을 일으킬 만한 위험분자들은 싹 다 파촉설산에 파묻어 버렸다.

적향은 예전에 그 일로 아직까지 추이에게 고마운 감정을 품고 있었다.

'……'

추이는 적향의 뒷모습을 바라보며 옛날의 일을 회상했다.

회기하기 전, 그러니까 적향이 원래의 이름을 버리고 혈측천(血則天)이라는 이름으로 살아가던 시대.

그 당시 그녀의 무공 수위는 타의 추종을 불허할 정도였다.

정도, 사도, 마도의 난다긴다하는 고수들이 그녀에게 줄줄이 죽어 나갔으니 말 다 한 셈.

'무림사 최악의 여걸(女傑)이자 괴걸(怪傑)로 통했었지.'

추이는 회귀하기 전 그런 혈측천을 두 번이나 만났었다.

첫 번째는 일차 정사대전(定私大戰) 당시에, 그리고 두 번째는 삼차 원마대전(元魔大戰) 당시였다.

정파와 사파가 패권을 겨루던 시절, 추이는 모종의 이유로 사도련 측에 가담했었다.

무림맹과 사도련이 젊은이들을 갈아넣어 벌이던 전쟁.

매일 매일이 핏방울처럼 휘발하고, 이내 끈적한 핏자국과도 같은 과거로 눌어붙던 나날들.

당시 추이는 전쟁의 최전선에서 마주쳤다.

사도련의 고수들을 수도 없이 찢어발기던 무시무시한 여고수 혈측천을 말이다.

사방팔방으로 휘날리던 붉은 머리카락.

사도련의 무사들을 장작처럼 쪼개 놓았던 도끼.

머리카락 사이의 눈으로 이글이글 뿜어져 나오던 증오.

그 당시 혈측천이 어떤 연유로 전쟁에 참여하여 사도련의 고수들을 도살했는지, 그것은 그 누구도 알지 못하는 무림사의 신비 중 하나였다.

추이는 그때 혈측천을 이길 수 없다고 판단, 냉정하게 후퇴했고 십수 년 뒤에야 그녀를 다시 만나게 된다.

그때의 전장은 중원무림 전체가 마교와 전쟁을 벌이고 있을 무렵이었다.

그 당시 파촉(巴蜀) 지역을 뚫고 온 마교는 지름길을 통해 중원을 급습할 계획을 세우고 있었다.

하지만 결과적으로 그 계획은 실패했다.

중원의 무인들이 아닌, 파촉 지역에 은거하고 있었던 혈측천 단 한 사람 때문에 말이다.

혈측천은 자신의 영역에 들어온 마도의 고수들을 무자비하게 학살함으로써 다시 한번 전 무림을 뒤집어 놓았다.

오죽했으면 그녀 한 명 때문에 마교의 중원 침공군 전체가 파촉 지역을 피해 우회했을까.

그때도 추이는 혈측천을 마주했으나 살아남을 수 있었다.

혈측천 역시도 추이와의 전투를 피했기 때문이다.

'마교와의 전쟁이 끝난 이후 혈측천은 사도련주에게 생포당하여 능지처참되었다고 들었다.'

추이는 고개를 들어 눈앞의 적향을 바라보았다.

적향의 눈은 맑고 깨끗하며 깊이가 있다.

예전에 만났던 혈측천의 눈도 깊이는 있었지만, 그것은 탁한 증오와 광기로 얼룩져 있었던 것.

지금의 적향과는 다른 사람이라고 할 수 있을 정도로 많이 다른 모습이었다.

추이는 걸어가면서 생각했다.

이렇게 젊고 풋풋했던 그녀가 대체 무슨 일을 겪게 되는 것일까?

어찌하여 전생의 기억 속, 그토록 처절하고도 무시무시한 몰골로 변해 버리는 것일까?

추이는 인백정과 싸울 당시에 들었던 적향의 과거를 떠올렸다.

대장장이 부부의 딸.

사도련주에 의해 억울하게 죽은 부모.

원수를 갚겠다고 나섰다가 행방불명된 오빠.

인백정 가정맹을 죽여서 스승의 원수를 갚았지만, 그녀의 진짜 복수는 아직 시작하지도 않았다.

'앞으로 쭉 정진한다면 가능할지도 모르겠군.'

지금의 적향은 추이가 아는 혈측천보다도 강해질 수 있을 것이다.

그녀의 천재적인 재능을 감안했을 때, 어쩌면 향후 오십 년 안에 당결하의 수준까지 올라갈 수 있을지도 모르는 일.

바로 그때.

"오랜만에 한번 붙어 볼까?"

적향이 씩 웃으며 고개를 돌렸다.

"예전에 우리 승부. 미처 못 끝냈잖아."

"……"

추이는 적향이 무슨 말을 하는지 이해했다.

예전에 적향과 처음 만났을 때, 그녀와는 몇 번 붙을 기회가 있었고 실제로 싸우기도 했다.

다만 패도회의 장원에서는 오자운이 적향을 상대했고, 그이후 강에서 싸울 때는 장강수로채의 반란군들이 훼방을 놓는 바람에 승부를 끝까지 끌고 가지 못했었다.

"나쁘지 않지."

추이는 고개를 끄덕였다.

적향이 그동안 얼마나 강해졌는지 확인해 보고 싶기도 했고, 무엇보다 적향 역시도 마음 편히 비무를 할 상대가 필요하기도 할 것이다.

"좋았어. 그럼 바로 연무동으로 갈까?"

"상관없다."

적향은 산골짜기 안쪽에 있는 동굴을 향해 걸었다.

추이는 그런 적향을 가만히 따라갔다.

동굴을 지나 골짜기 반대편으로 나가자 꽤 널찍한 공터 하나가 있었다.

단단한 암반들이 주변을 병풍처럼 두르고 있어서 밖에서는 안쪽을 전혀 볼 수 없는 구조였다.

"여기서 하자."

적향은 허리춤에서 쌍도끼를 빼 들었다.

추이는 허리에 감아 두었던 매화귀창을 꺼내어 조립했다.

…철커덕!

매화귀창을 본 적향이 한쪽 눈을 찡긋했다.

"우리 자식이 못 본 사이에 피를 많이 먹었나 보네, 남편?"

"집중해라."

"남편에게만 집중하라고? 나는 자유로운 여자라서 그게 될라나 모르겠어."

적향은 계속해서 농을 던진다.

물론 추이는 그런 농담에 어울려 주지 않았다.

쌔애액―

매회귀창이 핏빛의 호를 그리며 휘둘러졌다.

그제야 적향의 표정이 진중해졌다.

추이의 창 끝에 실려 있는 무게를 알아볼 수 있는 눈이 생겼기 때문이리라.

…까앙!

창날과 도끼날이 맞부딪쳤다.

"어디 한번 붙어 보자고!"

적향이 쌍도끼를 위아래로 휘두르며 덤벼든다.

전대의 고수 거정 공제환.

그를 장강의 패자로 만들어 주었던 독문무공이 바로 지금 적향이 펼치고 있는 흑선풍부법(黑旋風斧法)이었다.

더군다나 장강수로채의 상승무공인 사자박토보(獅子搏兎步)가 더해지자 적향의 공격은 더욱더 매서워졌다.

추이는 휘몰아치는 바람을 피해 물러나며 생각했다.

'이 정도의 힘이라면 예전의 인백정 정도는 쉽게 이기겠군.'

물론 그것은 과거의 인백정이 지금껏 아무런 수련도 하지 않고 게을리 있을 때의 이야기겠지만 말이다.

아무튼. 지금의 적향은 과거의 인백정이나 현재의 견술보다도 훨씬 더 강한 무공을 선보이고 있었다.

이 정도의 공세라면 추이 역시도 봐주면서 할 수는 없는 노릇.

육혼의 이 층계에 오른 뒤로 심상비무를 제외하면 누군가와 제대로 된 비무를 해 본 적이 없었는데, 이번 기회에 한번 시험해 보는 것도 괜찮을 것 같았다.

비무가 끝났다.

단단한 암반에는 커다란 용들이 지나간 것 같은 상처들이 남았다.

승자는 추이였다.

적향은 온몸이 땀으로 흠뻑 젖은 채 돌바닥 위에 드러누워 있었다.

"후…… 못 보던 사이에 실력이 엄청 늘었네? 나도 강해졌다고 생각했는데, 역시 하늘 위에는 늘 하늘이 있구나."

그녀는 시원하게 패배를 인정했다.

"내공이 다 떨어질 때까지 날뛰어 본 것은 처음이야."

"예전에 장강에서 싸웠을 때보다 훨씬 더 강해졌군."

"당연하지. 죽도록 수련했는데. 근데 너는 어떻게 그렇게 강해졌어? 따로 수련을 하는 것 같지는 않았는데. 대체 어디서 뭘 하고 다니는 거야?"

"……."

추이는 적향의 질문에 대답하지 않았다.

바로 그때, 연무동의 반대편에서 몇몇 사내들의 목소리가 들려왔다.

"채주님! 분부하신 물건들을 대령했습니다!"

아마도 적향의 부하들이 무언가를 가져온 모양이다.

이윽고, 적향은 동굴 건너편으로 가더니 커다란 쟁반 하나를 가져왔다.

그 위에는 술병 하나와 사발 두 개, 그리고 장부 한 묶음이 놓여 있었다.

"마셔. 오랜만에 물떡이나 일배 들자고."

"그 장부는 뭐냐?"

"뭐긴. 네가 부탁했던 정보들이지."

"……!"

적향이 술 사발을 드는 동안 추이는 장부를 읽어 보았다.

그것은 사도련에 관한 내밀한 정보들이었다.

적향은 술을 마시며 말했다.

"마침 잘됐어. 나도 사도련주에게 복수하기 위해 준비 중이었거든."

세상이 알면 크게 놀랄 만한 내용이 적향의 입에서 나온다.

"우리 장강수로채는 곧 사도련을 탈퇴할 거야."

사도십오주의 한 축이 이탈한다.

이것은 그 자체만으로도 전 무림을 뒤집어 놓을 만한 대사건이었다.

하지만 이런 정보를 듣고 있는 추이의 태도는 여느 때와 다름없이 태연하다.

이윽고.

…화르륵!

추이는 장부를 들어 올리더니 그것을 옆에 있는 횃불에 대고 태워 버렸다.

적향이 물었다.

"그걸 왜 태워?"

"다 외웠으니까."

"……그 많은 걸? 그새?"

추이의 대답을 들은 적향이 황당하다는 듯 입을 벌린다.

이윽고, 그녀는 추이에게 물었다.

"그래서. 앞으로 뭘 어떻게 하려고?"

"나 역시도 사도련과 부딪칠 것이다."

"잘됐네. 우리 장강수로채 쪽에서 한 몫 거들어 주지 않겠어?"

"도와줄 수는 있다. 그러나 함께할 수는 없다."

"그 정도만 해도 좋아."

적향이 흔쾌히 고개를 끄덕였다.

추이는 눈을 감고 잠시 생각에 잠겼다.

방금 봤던 장부들의 내용이 머릿속을 맴돈다.

사도련주.

그는 과거 전국시대의 사군자(四君子) 맹상군(孟嘗君)처럼 산하에 인재들을 두루 모으는 성향을 가지고 있었다.

크게는 산을 쪼개 버리는 검호부터 작게는 계명구도(鷄鳴狗盜)의 잡배들까지, 사도련주의 식객으로 있는 인재들의 범위는 그야말로 바다처럼 넓다.

'……홍공 역시도 그중 하나지.'

추이는 이미 홍공이 사도련 어느 곳에, 어떤 이름으로 숨어 있는지를 간파했다.

방금 전 적향이 가져온 정보는 그만큼이나 값진 것이었다.

이윽고, 적향이 말했다.

"일단 사도십오주에서 탈퇴하기 전에 사도련주를 한번 만나 볼 생각이야. 물론 좋은 말이 오갈 것 같지는 않지만."

"별로 좋지 않은 생각이군."

"뭐? 그럼 네 생각은 뭔데?"

적향의 의문에 추이는 간략하게 대답했다.

"사도련주는 사도련의 정점이다. 정정당당하게 제거할 수 있는 수단 따위는 없어."

"그럼 뭐 암살이라도 할까? 농담하는 것도 아니고. 사도련주는 천하제일인이자 고금제일인이야. 그런 괴물을 암살할 수 있는 살수가 어디 있겠어. 나락곡의 곡주가 와도 그건 안 될걸? 아니, 애초에 나락곡의 현 곡주부터가 사도련주의 산하에 있는 마당인데……. 사천당가의 독왕이 나선다면 또 모를까."

추이의 대답을 들은 적향은 고개를 저으며 말을 이었다.

"더군다나 정정당당하지 않은 방법으로 사도련주와 싸우게 된다면 추후 똘똘 뭉친 사도련에 의해 압박을 받게 될 거야. 최악의 경우에는 천라지망이 펼쳐질 수도 있겠지."

"그런 걱정은 안 해도 된다."

추이는 적향의 걱정을 일축했다.

그러고는 짧막하게 말을 이었다.

"사도련주와 싸우기 전에 사도련 전체를 통째로 깨부수면 되니까."

"……!"

만인적(萬人敵). 만인적대시(萬人敵對視).

지금까지 전례가 없던 규모의 폭탄발언이었다.

꿊

사도련(私道聯)이란 무엇인가?

그것은 무림맹(武林盟)에 대척하는 집단이라고 할 수 있다.

정파로 분류되는 거대한 세력들이 힘을 모아서 만들어 낸 연맹 체계가 무림맹이라면, 사파로 분류되는 거대한 세력들이 힘을 모아서 만들어 낸 연맹 체계가 바로 사도련이다.

그러니까 사도련을 깨부수겠다고 하는 것은 무림맹을 깨부수겠다고 하는 것이나 다름없는 뜻이었다.

"……아니. 심지어 무림맹보다 사도련이 더 힘이 강하지, 요즘은."

적향은 황당함을 담아 말했다.

사 년 전의 황실비무연 당시, 대회에서 우승한 이는 사도련 소속의 후기지수였다.

황실비무연에서 사도련이 무림맹을 이긴 이후 세력 구도는 급격히 사도련에게로 기울었다.

사도련은 황실의 황자들에게 무공 스승들을 보냈고 그 대가로 여러 가지 혜택들을 입어 세력을 급격히 불려 나갔다.

그동안 무림맹은 오랑캐들과의 전장이나 세금 체납자들을 상대하는 고역들을 떠맡아야 했다.

"그런데 그런 사도련을 깨부수겠다고? 혼자 힘으로?"

적향은 눈앞에 있는 추이를 바라보고 있었다.

이윽고, 추이는 눈앞에 있는 사발을 쭉 들이켰다.

사발 속에 가득 담겨 있던 술을 모두 비운 추이는 이내 짤막하게 대답했다.

"그렇다."

"......."

적향은 입을 반쯤 벌렸다.

만약 눈앞에 있는 상대가 추이가 아닌 다른 이였다면 그저 코웃음만 쳤을 것이다.

세상에 어찌 한 사람 개인이 사도련과 같은 강대한 집단을 깨부술 수 있다는 말인가.

......하지만.

"너라면 왠지 가능할 것 같기도 하고."

적향은 이마를 짚은 채 말했다.

그녀가 아는 추이는 절대로 허언을 하지 않는다.

그렇기에 등골에 소름이 오싹 돋아나는 것도 자연스러운 일이었다.

"그러고 보니 그때도 그랬었지."

적향은 추이와 함께 했던 과거를 회상했다.

인백정 가정맹.

대적할 길이 없을 것 같았던 무시무시한 적.

그를 죽인 이가 바로 추이였다.

그뿐만이 아니다.

절대로 협조하지 않을 것 같았던 장강수로채의 배신자들에게서 은닉 재산을 모조리 환수하고, 그것도 모자라 전원 파촉설산의 망령으로 만들어 버렸던 이도 추이였다.

그는 한다면 하는 사내였고, 지금까지 자신이 뱉은 말을 어긴 적이 한 번도 없었다.

'무명소졸일 때부터 그랬었어. 흑도방을 지워 버렸고, 조가장을 멸문시켰으며, 패도회를 쓸어버렸지. 심지어 정도십오주의 하나인 남궁세가나 사도십오주의 하나인 장강수로채에게도 거침없이 덤벼들었군.'

심지어 남궁세가와 싸웠을 때에는 남궁세가의 태상가주였던 검왕 남궁천과 겨루어서 살아남았고, 장강수로채와 싸웠을 때에는 채주 좌를 찬탈했던 인백정 가정맹을 죽여 없애기까지 했다.

그 뒤로는 비공식적으로 나락곡의 전 곡주였던 나락노야를 잡았고 그것도 모자라 토법고로의 하오문주와 격돌하기까지 했다.

이처럼, 적향은 추이의 행보에 대해 잘 알고 있었고 그렇기에 추이를 더더욱 신뢰하고 있었다.

추이가 진정한 만인적(萬人敵)이라는 사실을 누구보다 잘 알고 있는 것이다.

……하지만.

"그래도 사도련은 무리야."

제아무리 추이가 날고 기는 괴물이라고 해도 사도련과 홀로 싸워 이길 수는 없다.

왜냐하면 사도련에는 추이보다도 훨씬 더 괴물 같은 존재들이 있기 때문이다.

"정파 무림맹에 삼왕오제(三王五帝)가 있다면."

적향은 나지막한 목소리로 말을 이었다.

"사파 사도련에는 일신칠존(一神七尊)이 있지."

한 명의 신과 일곱의 존귀한 자들.

일신칠존(一神七尊)의 뜻을 풀이하자면 위와 같았다.

적향은 손가락을 꼽으며 말했다.

"검존(劍尊), 도존(刀尊), 독존(毒尊), 궁존(弓尊), 암존(暗尊), 창존(槍尊), 금존(金尊). 이들이 사도련의 일곱 기둥이라 불리는 칠존이야. 하지만 그들보다도 더욱 무서운 존재는……."

칠존 위에 군림하고 있는 일신(一神).

그를 지칭하는 별호는 다양하다.

투신(鬪神), 주검투신(鑄劍鬪神), 사도투신(私道鬪神), 사파지존(私派至尊), 무적자(無籍者)…….

하지만 뭐니뭐니해도 가장 많이 불리는 별호는 다음과 같다.

사도련주(私道聯主).

적향은 그에 대한 간략한 정보들을 나열했다.

"그자의 이름은 오자(敖者). 성도, 고향도, 사문도, 모두 알려져 있지 않아. 그저 한 자루의 검을 귀신같이 사용한다는 것만이 유일한 정보지."

"……."

추이 역시도 그 이름을 안다.

투신 오자는 현 무림 최강의 고수였으니 말이다.

'아마 당결하만큼이나 강하겠지.'

추이는 회귀하기 전에 알고 있던 정보들을 떠올렸다.

사도련주 투신.

젊은 시절의 그는 전 무림을 주유하며 비무행을 다녔다.

그 당시의 투신에게 잡혀 죽은 고수들이 족히 네 자릿수에 육박할 것이다.

패배를 모르고 강호를 독보하던 곤귀 구강룡과 창마 구강호 역시도 투신에게 패해 그의 노예가 되었으며 천하에 무서울 것이 없던 나락노야 역시도 그 앞에서는 고개를 숙였다.

은거하고 있던 전전대의 사파 노고수 일백 명이 투신과 차륜전을 벌여 전원 죽거나 불구가 되었다는 이야기는 유명한 것이었다.

"투신은 강한 자를 보면 무조건 생사결을 벌이고 죽이든지 부하로 거두든지 하는 것으로 유명해. 물론 단 한 번도 그가 패배한 적은 없지."

적향은 말을 계속해서 이었다.

"네게 죽은 곤귀나 창마도 그런 경우였어. 칠존(七尊) 역시도 상황이 같지. 물론 곤귀나 창마는 고수이기는 했으나 칠존의 반열에 들 정도까지는 아니었고."

현재 사도련주는 사파의 무인들에게 있어 살아 있는 신으로 추존되고 있다.

일전에 해남도에서 올라왔던 검객과 달리, 그는 진정코 그럴 만한 힘이 있는 존재였다.

적향은 추이를 향해 말했다.

"너를 아는 사람들은 너를 만인적(萬人敵)이라고 부르겠지만…… 투신은 그를 모르는 사람들에게조차도 만인적이라 불려. 그는 사파 제일의 고수고, 아마 당대의 천하제일인임에 확실해."

"안다."

추이는 고개를 끄덕였다.

투신 오자의 무공은 검왕 남궁천이나 도왕 팽항적보다도 최소 한 수가 높고 독왕 당결하와 비슷한 정도라는 것.

추이는 그 사실을 이미 잘 알고 있었다.

회귀하기 전의 세상에서도 그랬기 때문이다.

'……검왕 남궁천은 평생에 걸쳐 사도련주와의 비무를 피했다지. 그리고 도왕 팽항적은 젊은 시절 사도련주에게 죽을 뻔했던 적이 있었고.'

하지만 그렇다고 해서 바뀌는 것은 없다.

추이는 이번 기회에 반드시 사도련주를 죽일 생각이었다.

그때, 적향이 추이에게 물었다.

"그런데 너는 왜 사도련주를 죽이려는 거야?"

"사도련을 와해시키기 위함이다."

"단지 그뿐?"

"그렇다."

추이는 고개를 끄덕이며 말을 이었다.

"무림맹주 미경평과 달리 사도련주 오자는 조직 전체를 하나로 꽉 잡고 있다."

"그렇지."

"그렇기 때문에 사도련주를 없애야만이 사도련을 붕괴시킬 수 있지."

話說天下大勢 分久必合 合久必分.

-대저 천하의 대세란 오랫동안 나뉘면 반드시 합하게 되고, 오랫동안 합쳐져 있다면 반드시 나뉘게 된다.

사도련은 무림맹에 비해 훨씬 더 단단하고 끈끈하지만, 바꾸어 말하면 사도련주 한 사람만 없으면 그만큼 부실하고 허술하게 변해 버린다는 뜻이다.

"사도련주만 죽는다면 사도련을 이루고 있는 각 세력들은 뿔뿔이 흩어질 것이고 모든 결속들은 와해될 것이다."

"맞아. 전국을 통일할 정도로 강력하던 진나라가 진시황 사후 형편없을 정도로 쉽게 무너진 것을 생각하면 더욱 그렇지."

적향은 고개를 끄덕였다.

그러고는 추이를 향해 눈을 빛냈다.

"그러면 질문이 계속 이어지겠네. 네가 사도련을 와해시키려는 이유가 뭐야?"

"사도련 내부에 깊숙이 숨어서 보호를 받고 있는 한 인물을 제거하기 위해서다."

"누군지 알겠군. 혈교주(血敎主)지?"

"그렇다."

추이가 고개를 끄덕이자 적향이 재차 물었다.

"그런데, 그냥 혈교주부터 죽이면 안 되는 거야? 굳이 혈교주를 잡겠다고 사도련주를 먼저 잡는 것은…… 개를 잡겠다고 호랑이를 먼저 치는 것과 비슷한 형국인데."

적향의 지적은 당연하고도 상식적인 것이었다.

애초에 사도련을 구성하고 있는 세력들은 서로 간의 유대감이 약해서 남의 일에 어지간해서는 나서지 않는다.

그래서 혈교주 홍공이 어디에 숨어 있든 간에, 그가 죽는다고 해서 사도련 전체가 움직이는 일은 아마도 없을 것이다.

……하지만.

"지금 홍공을 죽이게 되면 사도련주를 비롯한 사도십오주 전체가 내게 천라지망을 선포할 것이다. 그렇게 되면 뒷일이 아주 귀찮아져."

"그 정도야? 혈교주라는 놈이 대체 어디 숨어 있기에?"

"아주 중요한 곳에 숨어 있다. 그렇기에 사도련은 명분 때문이라도 절대 가만히 있지 않을 것이다.”

“그러니까. 그 아주 중요한 곳이라는 데가 어딘데?”

“아직은 말해 줄 수 없다.”

“쳇.”

적향은 서운함을 표했지만 추이는 여전히 무표정한 얼굴
이었다.

지금 홍공이 어떤 신분으로 위장하고 있는지, 그것은 하늘
과 땅 사이에 오직 두 사람만이 안다.

홍공 본인과 추이. 이렇게 말이다.

‘……정보를 아는 사람은 적을수록 좋다.’

추이는 거사를 치르기 전까지는 가능한 입을 무겁게 할 생
각이었다.

모든 비밀은 사도련주를 제거한 뒤에 밝혀도 늦지 않을 테
니까.

＊

어두운 토굴 속.

한 명의 사내가 침상 위에 앉아 있었다.

여인처럼 아름다운 그의 얼굴을 제외한 전신은 온통 붕대
로 칭칭 감겨 있다.

잔반(殘飯) 사비.

하란사가의 마지막 생존자.

그는 주먹을 몇 번 쥐어 보이며 고개를 끄덕였다.

"……이제야 몸이 완전히 회복되었군."

예전에 한 괴물 같은 창잡이와 전투를 벌인 이래 몸 상태가 말이 아니다.

그가 한쪽 입술과 뺨에 그어진 창상을 어루만지고 있을 때.

"문주님."

두 명의 사내가 잔반의 앞으로 모습을 드러냈다.

사자위. 그리고 식인제할.

이 둘은 잔반의 앞에 부복한 채로 말했다.

"반명삼랑(拚命三郎)이 당했습니다."

"천왕동이?"

"예. 명림 현령을 직접 건드리려 했다가 도리어 당한 것 같습니다. 문제는, 누구에게 어떻게 당했는지 아무런 단서가 없다는 것입니다. 증발하듯 사라졌습니다."

"흠. 변심할 놈으로는 보이지 않았는데. 관에 천왕동을 상대할 만한 고수가 있었던가? 모를 일이로군."

잔반은 잠시 고민하던 끝에 말을 이었다.

"조금 더 면밀히 조사해 봐라. 명령을 어기고 독자적으로 행동한 놈의 복수까지 해 줄 필요는 없지만, 적어도 사건의 개요는 알고 있어야지."

"존명."

사자위가 고개를 숙였다.

이어 식인제할이 입을 열었다.

"남쪽 토법고로의 사루에서 쓸 만한 아이 두 명이 나왔습니다!"

"데려왔나?"

"예! 저 뒤에 있습니다!"

잔반이 턱짓을 하자 식인제할이 토굴의 문 너머에서 누군가를 데려왔다.

쌍둥이로 보이는 거한 두 명이 들어오자 널찍한 토굴 안이 꽉 찬 것 같다.

잔반은 몸에 각각 용과 호랑이 문신을 새겨 놓은 쌍둥이들을 물끄러미 바라보았다.

"……낯이 익은데. 폐쇄된 북쪽 토법고로 출신 아닌가?"

"예. 그곳에서는 삼루에 있었습니다."

쌍둥이 중 형으로 보이는 사내가 고개를 숙이며 말했다.

동생으로 보이는 사내 역시도 고개를 숙이며 말을 받았다.

"용 쪽이 형인 야율흘룡(耶律屹龍)이고, 호랑이 쪽이 동생인 야율흘호(耶律屹虎)입니다. 모시고 싶습니다, 하오문주님."

형인 야율흘룡은 손에 압취(鴨嘴)가 달린 팔차곤(朳杈棍)을 들고 있었고, 동생인 야율흘호는 어깨에 일 장 하고도 팔 척이 넘는 사모(蛇矛)를 걸쳤다.

두 거한의 별호는 '쌍생곤창(雙生棍槍)'으로 한때 북쪽 토법고로에서 꽤나 명성을 떨치던 이들이었다.

잔반은 고개를 끄덕였고 쌍둥이들의 앞으로 녹색 단약 한 알씩을 던졌다.

"사가단(沙家丹)이다. 부서진 단전을 복구해 주는 영약이야. 만드는 법은 나만이 알지."

이율배반적이라고 욕먹더라도 할 수 없다.

일모도원(日暮道遠) 도행역시(倒行逆施).

날이 저물기 전에 먼 길을 가기 위해서는 거꾸로 행하고 뜻을 거스르는 수밖에.

그것이 구족 멸문의 혈해심구(血海深仇)를 갚기 위한 유일한 길이리라.

"복용 후 족히 달포 정도는 요양해야 할 것이다."

"감사합니다. 충(忠)!"

이것으로 야율 쌍둥이 역시도 사자위나 식인제할과 같은 충신장(忠臣葳)이 되었다.

이윽고, 잔반은 부하들 앞에서 눈을 빛냈다.

"곧 사도련주가 구정(九鼎) 앞에서 제사를 지낸다."

"그 전에 누가 사도련주를 보필할지, 칠존들의 서열전이 치열하겠군요."

무림사에 빠삭한 사자위가 고개를 숙이며 말을 받았다.

잔반이 고개를 끄덕이며 말을 이었다.

"칠존들이 전쟁을 시작할 것이다. 그리고 서열 일 위가 된 놈이 이번 제사를, 더 나아가 곧 있을 황실 대행사까지를 주관하겠지."

'황실'이라는 단어가 나오자 충신장들의 시선이 날카로워졌다.

잔반은 말했다.

"그러니 이번 칠존의 서열전에서 어떤 놈이 이기는지를 잘 지켜봐야 한다. 뭣하면 우리가 개입하는 것도 나쁘지 않겠고."

얼마 뒤에 개최될 황실비무대회 직전, 또다시 무림의 장막 뒤가 복잡하게 움직이려 하고 있었다.

추이는 여정을 떠나기 전, 적향에게 장비의 제련을 맡겼다.

제일 먼저 손봐야 할 것은 매화귀창이었다.

지금껏 수많은 사선을 넘어오는 동안 천하의 매화귀창 역시도 피로가 누적되었다.

날은 여전히 뾰족하고 예리하였으나 갓 만들어졌을 때만은 못했고, 사슬로 연결되어 있는 이음매 역시도 군데군데 헐거워져 있었다.

"어지간한 용광로에 담가 놔도 이렇게는 안 되겠네. 대체 무슨 싸움을 해 왔던 거람?"

적향은 툴툴거리며 매화귀창을 대장간으로 옮겼다.

"⋯⋯."

추이는 대장간 안을 쭉 돌아보았다.

넓은 공간, 잘 갖추어진 도구들, 수많은 사내들이 땀을 뻘뻘 흘리며 무기를 만들고 있다.

拾得折槍頭
－부러진 창 머리 주웠는데,

不知折之由
－부러진 사연 알 수 없구나.

疑是斬鯨鯢
－고래를 베었나,

不然則蛟虯
－아니면 교룡이라도 찔렀을까.

缺落尼土中
－흙 속에 떨어져 있어,

委棄無人收
－버려진 채 줍는 사람 없구나.

我有鄙介性
－나는 지루한 고집 있어,

好剛不好柔

−강직한 것 좋고 굽히는 것 싫도다.

勿輕直折槍

−곧아서 부러진 창 얕보지 말라.

猶勝曲全鉤

−굽혀서 온전한 갈고리보다 낫도다.

숙련된 야금꾼들이 부르는 구성진 노동요가 들려온다.

"자. 다들 주목. 지금부터 이 창 하나를 수리한다."

적향의 목소리는 쩌렁쩌렁한 쇳소리들 속에서도 또렷하게 울려 퍼졌고 이에 모든 대장장이들이 고개를 숙여 경의를 표했다.

이윽고, 적향은 매화귀창을 모루 위에 올려놓고는 손에 망치와 정강이를 잡았다.

"매화귀창을 보수할 거고. 그 외에도 송곳 두 정과 망치, 마름쇠를 만들 거야. 더 필요한 것 없지?"

추이는 적향에게 적혈도를 건네주었던 바 있었다.

적향은 지금 그것을 가지고 송곳과 망치, 마름쇠를 만들려는 것이었다.

추이가 적향에게 무언가를 건넸다.

"이것도 써라. 매화귀창의 무게를 줄이는 데 도움이 될 것이다."

"어라? 이건 귀곡자의 천둥승(千藤繩)이잖아? 이건 사도련의 핵심 고수들에게만 지급되는 것인데. 이런 기물을 어디서 구했어?"

적향은 손에 들어온 실타래를 보며 두 눈을 휘둥그렇게 떴다.

물리력으로는 절대 끊을 수 없다는 잠사(蠶事).

비록 열에 약하다지만 그것도 어디까지나 다른 요인들에 비하면 그런 것일 뿐, 열에 대한 내성이 일반적인 쇠보다도 훨씬 더 높은 천고의 보물이다.

추이는 예전에 이 잠사를 창마 구강호에게서 빼앗았던 적이 있었다.

"……좋아. 일이 한결 더 재밌어지겠군."

적향의 두 눈에서 생기가 반짝이다.

천둥승을 사슬에 덧댄다면 매화귀창의 창대 내부에 적재되어 있는 강선의 무게를 크게 줄일 수 있었다.

매화귀창 자체의 내구도가 크게 올라가는 것은 물론이었다.

"간만에 또 역작을 만들어 주지."

"가능한 환경인가?"

"몰라서 물어? 여기보다 더 완벽한 대장간이 어디 있겠어?"

적향은 추이를 향해 핀잔을 주었다.

"이 대장간에는 오산(五山)의 철정(鐵精)과 육합(六合)의 금영(金英)을 다 모아 놨다고. 더군다나 오늘은 후천사지(候天伺地), 음양동광(陰陽同光), 백신임관(百神臨觀), 천기하강(天氣下降), 모든 요인들까지도 완벽하지. 무기 만들기 좋은 날이야."

　적향은 씩씩하게 걸어가 노(爐)를 열었다.

　뒤쪽에서 대장장이들이 부르는 노동요 소리가 한결 더 커진다.

　磨刀鳴咽水

　－오열수에서 칼을 가는데,

　手赤刃傷乎

　－손이 붉어지니 칼에 찔린 것인가.

　欲輕腸斷聲

　－단장의 비명을 지르니 고통이 줄어든다.

　心緖亂已久

　－마음이 몹시도 심란하도다.

　丈夫誓許國

　－대장부 이 한 몸 나라에 바치리라 서약하니

　憤惋復何有

　－어찌 분하여 원망하랴

　功名圖麒麟

　－공명이 기린각에 그려지기를 바라는 동안.

戰骨當速朽

-전장에 남겨진 뼛골은 급히도 썩어 가리.

추이는 굳이 적향을 따라 대장간 안으로 들어가지 않았다.

'……제련을 저리도 즐거워하니 필시 결과는 좋게 나올 것이다.'

그동안 추이는 따로 할 것이 있었다.

매화귀창과 나머지 무기들이 준비되는 동안 일전에 흡수했던 천기단과 오독교의 독을 완전히 무기화할 생각이었다.

ㅡㅡㅡ흐흐흐ㅊㅊㅊ……

추이는 장강의 한 지류에서 운기조식을 하고 있었다.

심간위폐비(心肝腎肺脾)에서 뿜어져 나온 녹색 빛깔의 기운이 다섯 송이의 모란이 되어 펼쳐진다.

오기조원(五氣朝元)의 묘리와 오독교(五毒敎)의 묘리가 하나로 합쳐지며 벌어지는 기현상이었다.

……오행의 청제(靑帝)가 가진 갑을목덕(甲乙木德)의 기운은 검록색의 모란꽃으로.

……오행의 적제(赤帝)가 가진 병정화덕(丙丁火德)의 기운은 청록색의 모란꽃으로.

……오행의 백제(白帝)가 가진 경신금덕(庚辛金德)의 기운은 진녹색의 모란꽃으로.

……오행의 흑제(黑帝)가 가진 임계수덕(壬癸水德)의 기운은 심록색의 모란꽃으로.

……오행의 황제(黃帝)가 가진 무기토덕(戊己土德)의 기운은 검록색의 모란꽃으로.

추이는 전신에서 꿈틀거리고 있는 이 강력한 독기들을 모두 오른손바닥의 정중앙으로 끌어모았다.

쿠—르르르르르륵!

독에 대한 이해를 쌓기 전에 만독불침의 경지를 먼저 이룬 몸인지라 독공에는 영 미숙하다.

하지만 적어도 체내에 축적되어 있는 이 독기를 장법에 섞어 펼칠 수는 있을 것 같았다.

'여기에 나락설태까지 섞어서 쓴다면…… 아마 나락노야의 절기를 그대로 흉내 낼 수 있을지도 모르겠군.'

추이는 나락노야가 생전에 펼치던 절기인 흑수나찰장(黑穗羅刹掌)을 떠올렸다.

그것은 일반적인 나찰장보다도 훨씬 더 강한 상승무공이었다.

추이는 손아귀에 움켜쥔 독 기운을 토대로 장법을 펼쳐 보았다.

콰—콰콰콰쾅!

거대한 물웅덩이 중앙에서 폭발이 일어나며 물기둥이 높게 치솟아 오른다.

하지만 정말로 무서운 것은 그 이후였다.

ㅊㅊㅊㅊㅊㅊㅊㅊㅊㅊㅊㅊㅊㅊ······

물 색깔이 순식간에 녹빛으로 변하며 주변의 모든 것들이 죽어 나가기 시작했다.

눈이 퀭하게 풀린 물고기들이 모조리 수면 위로 떠올랐고 물가의 풀과 나무들이 전부 죽어 가고 있었다.

반경 수십 장 일대의 생태계가 모조리 절멸했다.

이 정도 위력이 나올 줄은 추이조차도 예상하지 못했던 것이었다.

'이 정도면 당예짐의 자폭공과도 맞먹는 위력인데.'

추이는 검록색으로 물들어 버린 손바닥과 팔뚝 전체를 바라보며 중얼거렸다.

독기가 너무 짙다 보니 만독불침의 육체에도 어느 정도 손상이 간다.

나락설태까지 융합되어 있어서 더욱 그런 모양이었다.

'······창귀칭의 회복력이 아니었더라면 팔을 잃어버릴 뻔했다. 앞으로 가급적이면 사용을 자제해야겠군.'

오독교주였던 당예짐이 목숨을 버리면서까지 만들어 냈던 위력을 목숨 소모 없이, 그대로 재현해 낼 수 있게 되었다.

하지만 주변에 미치는 악영향과 몸으로 전해져 오는 피로

가 너무 크니 빈번한 사용은 어려울 듯싶었다.

＊＊＊

　추이가 적향이 있는 산채로 돌아온 것은 그로부터 약 달포가량이 지난 뒤였다.

　그때 이미 적향은 추이가 주문해 놓았던 무기들을 모두 만들어 놓은 상태였다.

　우선 매화귀창.

　예전의 모습과 그다지 변한 것은 없었으나 자세히 살펴보면 알 수 있다.

　창끝은 보는 것만으로도 몸서리가 쳐질 만큼 뾰족해졌고 옆면의 날은 떨어진 머리카락을 세로로 쪼개 버릴 수 있을 정도로 예리했다.

　창대 내부에 적재되어 있던 복잡한 사슬 장치들은 천등승잠사로 대체되어 훨씬 더 가벼워졌고 관리도 편해졌다.

　"쓸 만하군."

　"'쓸 만하군'이 아니라 '이런 명창은 태어나서 처음 봐요'겠지."

　추이의 평가를 들은 적향이 톡 쏘아붙였다.

　아주 오래 전, 매화귀창을 처음 만들었을 때 나누었던 대화 그대로였다.

이윽고. 추이의 시선은 매화귀창이 놓여 있던 모루 반대편으로 옮겨 간다.

그곳에는 두 자루의 송곳과 한 자루의 망치, 다량의 마름쇠들이 놓여 있었는데 하나같이 피처럼 붉은 색깔이었다.

하북제일도 도좌철의 적혈도(赤血刀)가 이러한 모습으로 재탄생한 것이다.

…푹!

추이는 송곳을 집어 들고 모루를 찔러 보았다.

놀랍게도, 송곳은 단단한 모루를 마치 찰흙 덩어리처럼 뚫고 들어갔다.

내공을 주입하지 않았음에도 불구하고 그러했다.

"예전에 사백정에게서 빼앗았던 독아(毒牙)보다 훨씬 좋군."

"후후- 그따위 잡스러운 것과 비교할 바가 아니긴 하지."

추이의 감탄을 들은 적향이 뿌듯한 표정으로 가슴을 내밀었다.

이윽고, 추이는 새로운 무기들을 모두 챙겼다.

천둥승 타래가 다소 짧아진 것이 아쉬웠으나 그 대신 매화귀창이 훨씬 더 편리하게 개조되었으니 더 좋은 일이었다.

무기들을 챙기는 추이를 보며, 적향이 말했다.

"그 무기들이 곧 내 원수의 몸에 박힐 것을 생각하니 제련이 더 잘되더라."

"……."

추이는 적향의 말에 별다른 대답을 하지 않았다.

-私道聯主

추이 역시도 기억하고 있다.

거정 공제환이 죽기 직전 피로 적어 놓았던 '사도련주'라는 네 글자를.

적향은 자신의 가족을 파멸로 몰아넣은 사도련주를 증오하고 있었다.

"네가 떠나고 난 뒤로도 계속 알아봤어. 내 부모님과 사도련주의 악연에 대해서 말이야."

"……?"

추이는 적향의 부모가 뛰어난 대장장이였다는 것만 알고 있었다.

그것도 처음 만났을 때 적향이 했던 말을 들어서 아는 사실이었다.

'제 부모님께서 대장간을 하셨습니다. 그래서 저도 야금(冶金)에 약간의 조예가 있지요.'

'제 부모님은 천하제일의 대장장이셨지요. 두 분 다 말입니다.'

'하지만 지금은 두 분 모두 돌아가셨습니다. 부모님의 재

주를 시기한 위정자(爲政者)의 폭거 때문이었지요.'

'하나뿐인 오라비도 복수를 위해 길을 나섰다가 죽고 말았습니다.'

'오직 저 혼자만 살아남아 구차한 목숨을 연명하고 있습니다. 제가 죽으면 가문의 대가 끊어지고 부모님의 기술마저 영영 유실될 테니까요.'

적향은 과거를 회상하며 말을 이었다.

"그때 네게 했던 말은 전부 사실이야. 내 부모님은 사도련주에 의해 돌아가신 것이고."

"사도련주가 뭘 어쨌기에?"

"칼을 만들라고 했지."

적향의 두 눈에서 시퍼런 불길이 번뜩였다.

"내 아버지의 이름은 간장(干將). 내 어머니의 이름은 막야(莫耶). 너도 무인이라면 한 번쯤은 들어 봤겠지?"

"……!"

추이의 눈이 조금 커졌다.

병기를 꼬나쥐고 사는 무림인들치고 간장과 막야, 그 두 이름을 모르는 이가 있을까.

검왕 남궁천의 '창궁제왕검(蒼穹帝王劍)'과 도왕 팽항적의 '난자수참도(亂者須斬刀)', 그리고 화산파의 '매화대랑검(梅花大郎劍)'을 비롯한 '매화칠검(梅花七劍)' 모두를 만들었다던 전설적인 대장장이 부부.

하지만 어느 날 그 솜씨를 노린 흉적의 손에 비극적인 최
후를 맞이했다고 알려져 있는.

적향은 바로 그들의 후예였던 것이다.

간장과 막야.

한때 무림에서 칼밥 좀 먹었던 이들 중에 이 부부의 이름
을 모르는 사람은 없었다.

……물론 그것은 지나 버린 세월 너머, 기억의 사토(莎土)
에 파묻힌 구무협(舊武俠) 세대의 이야기이기는 하다.

하지만 그들의 이름은 그들의 육신이 쇠하여 사라진 지금
까지도 간간이 전승되어 내려오고 있었다.

현재까지도 정점에 군림하고 있는 검왕 남궁천이나 도왕
팽항적, 화산파 매화검수들의 칼집 속에 고이 간직된 채 말
이다.

"……하지만 내 부모님은 그 솜씨를 독점하고 싶어 했던
흉적 때문에 비극적인 최후를 맞이하셨지."

적향은 추이를 돌아보며 말을 이었다.

"지금부터 말할 이야기는 내가 기억하고 있는 것과 그동안
조사해서 알아낸 것, 그리고 거기에 합리적인 추측을 가미한
내용이야."

그녀의 목소리가 용광로 속의 쇳물처럼 무겁고 뜨겁게, 부
글부글 끓고 있었다.

수십 년 전의 사건을 파헤치면서 말이다.

꽃

죽림칠현(竹林七賢)의 혜강이 대장장이 일을 했다던 산양(山陽) 땅의 어느 깊은 산속.

울창한 대나무숲 가운데에는 커다란 폭포가 쏟아져 내린다.

폭포의 옆에는 작은 초막 한 채가 벼랑 끝에 위태롭게 서 있었다.

…땅! …땅! …땅! …땅!

빨갛게 달아오른 쇠가 모루와 망치 사이에서 넓게 펴져간다.

그것은 이내 거세게 쏟아져 내리는 폭포수에 닿아 차게 식으며 뿌연 증기를 내뿜었다.

몇백 일을 쉬지 않고 두드렸을까.

드디어 문이 열렸다.

망치를 들고 있는 사내는 머릿속의 어떠한 문이 열려 새로운 세계가 드러나는 것을 느꼈다.

"……완성이다."

간장. 그는 자신의 망치와 정강이 끝에서 탄생한 도(刀)를 보며 탄성을 내질렀다.

"여보. 이제 칼자루와 칼 장식을 좀 가져다주겠소?"

간장은 뒤를 돌아보며 말했다.

그런데 초막 안에서 나머지 재료들을 준비하고 있어야 할 아내 막야에게서 대답이 없다.

"……?"

간장은 무슨 일인가 싶어서 손에 칼날을 쥔 채로 발걸음을 옮겼다.

이윽고, 간장의 눈에 막야의 모습이 들어왔다.

막야는 툇마루에 앉아서 무언가를 열심히 풀고 있었다.

그것은 꽁꽁 묶인 붉은 실타래였다.

"여보. 거기서 무얼 하오?"

"아. 오셨어요? 이걸로 칼 장식을 만들려고 했는데 실이 엉켜서 좀체 풀리지를 않네요."

막야는 멋쩍은 미소와 함께 실타래를 들어 올렸다.

손재주 좋기로 아랫마을까지 소문난 막야가 아직까지 풀지 못할 정도면 실이 정말 복잡하게 뒤엉켰나 보다.

그때. 간장이 앞으로 나섰다.

"주시오 부인. 내가 그 실타래를 풀어 보겠소."

"당신이요? 힘들 텐데요."

막야는 고개를 갸웃하면서도 간장을 향해 실타래를 건넸다.

간장은 꽁꽁 묶여 있는 매듭 하나를 찾아냈다.

어지간해서는 풀 수 없을 듯 보이는, 실로 단단한 매듭이었다.

하지만.

…싹둑!

간장은 방금 만든 도의 날로 매듭을 베어 냈다.

"이렇게 하면 아무리 복잡한 매듭도 한순간에 풀 수 있지."

"아하."

막야는 간장의 행동을 보며 웃었다.

이 작은 매듭 하나를 두고 지금까지 고민했던 자신을 돌아보는 것이리라.

간장이 옅은 미소를 띤 채 말했다.

"문선제기(文宣帝紀)에 따르면 문선제(文宣帝)가 어렸을 시절 삼실을 베며 이렇게 말했다고 하지. '어지러운 것은 베어 버려야 한다(亂者須斬)'고."

"이 칼 장식 또한 그랬네요."

막야는 간장의 손에 들려 있는 칼날을 어루만지며 말했다.

"여보. 이 칼의 이름은 정하셨나요?"

"아직이오. 방금 완성한 터라. 나중에 칼자루까지 다 만들고 나면 지으려 했지."

"그렇다면 우리 이 칼을 난자수참도(亂者須斬刀)라 부르는 것은 어떨까요?"

"방금 실타래를 벤 것 때문에 그렇군. 그 또한 멋진 이름이오."

간장은 활짝 웃으며 막야의 손을 잡았다.

이런저런 상처들이 흉측하게 새겨져 있는 손.

단순히 대장간 일을 하는 여인의 손이라고 하기에는 너무나도 거칠다.

간장은 그런 막야의 손등을 쓸며 안타깝다는 듯한 표정을 지었다.

그 표정에 담긴 뜻을 알아챈 막야가 쑥스럽다는 듯 웃었다.

"괜찮아요. 다 옛날 일인걸요."

"……그래도."

간장과 막야는 서로의 얼굴을 바라보았다.

그들이 부부의 연을 맺기 전, 처음 만났을 때의 일이 새록새록 떠오른다.

오래 전, 막야는 동영(東瀛) 출신의 살수이자 첩자였다.

그녀는 군의 주검(鑄劍) 기술자인 간장을 포섭, 혹은 납치하기 위하여 중원으로 왔다.

천재적인 야금술을 가진 간장으로 하여금 동영의 장도(長刀)을 제작하게끔 하기 위함이었다.

그러나 막야는 간장을 처음 보는 순간 사랑에 빠져 버렸다.

간장 역시도 막야를 처음 보는 순간 사랑에 빠져 버렸다.

그 둘은 본래 맡았던 임무를 등지고 서로의 옆에 서기로 마음먹었다.

……하지만 간장과 막야의 사랑은 순탄치 않았다.

간장은 군에서 탈영을 했고 막야는 살수 집단을 배신해야 했기에 추격자들이 따라붙는 것은 당연한 일.

간장의 주검 기술을 노리는 군의 추격대와 막야의 배신을 눈치 채고 따라붙은 살수들이 끝없이 끝없이 몰려들었다.

간장과 막야는 언젠가는 추격자들도 지칠 것이라는 희망을 품고 도망치고 또 도망쳤다.

그러던 어느 날.

추격이 중단되었다고 느낄 무렵, 간장과 막야는 은밀한 곳에 정착하여 아들 한 명을 낳았다.

눈에 넣어도 아프지 않을 그 아이를 부부는 소중하게 키우기로 맹세했다.

……하지만.

추격자들은 추격을 중지한 것이 아니었다.

간장과 막야가 아이를 낳자마자 기다렸다는 듯 다시 습격이 시작되었고, 혼란스러운 와중에 부부는 아들을 지켜 내지 못했다.

푹—

살수 하나가 쏘아 보낸 독화살이 아이의 왼쪽 가슴에 맞았고 아이는 곧바로 중독되었다.

동영에서 온 살수들이 쓰는 특수한 독.

이 독에 당하면 피부가 검게 물들고 가슴팍에 흉신악살의 얼굴과도 같은 발진이 돋아난다.

막야는 독화살에 맞은 아이를 어떻게든 살리려 했으나, 아이의 피부는 이미 검게 죽었고 가슴팍에도 무시무시한 반점이 생겨난 뒤였다.

심지어 독화살은 아이의 왼쪽 가슴, 심장이 있는 부위를 관통하고 있었기에 살길이라고는 조금도 남아 있지 않았다.

'미안해. 미안하다 아가……'

간장과 막야는 피눈물을 흘리며 아들을 땅에 묻었다.

쫓기고 있던 전란의 땅인지라 묘비 하나 제대로 세우지 못했다.

이후 간장과 막야는 더욱 더 먼 길을 도망쳤고 지금에 이르게 된 것이다.

전란에 휘말려 아들을 잃은 슬픔을 달래기 위함일까.

간장과 막야는 칼을 만드는 일에 남은 세월을 전념했다.

그렇게 해서 만들어 낸 일생의 역작이 바로 지금 그들의 눈앞에 있는 '난자수참도'인 것이다.

"이제 마지막으로 한 번 더 날을 갈고 자루를 만들어 끼우면 완성이겠구려."

"이 칼의 주인은 누가 될까요?"

"모르지. 마음 같아서는 천하의 대영웅이 써 주었으면 좋으련만⋯⋯."

간장과 막야는 칼날만 있는 난자수참도를 눈앞에 두고 두런두런 이야기를 나누었다.

하지만 그들이 끝끝내 하고자 했던 말은 결국 입 밖으로 나오지 못하고 심중에 묻혔다.

예전에 전란 속에서 잃어버린 아들.

그 아들 녀석이 나중에 장군이 되어 이 칼을 썼다면 참 좋았을 텐데, 하는 생각이었다.

그때.

"계십니까."

초막 밖에서 우렁우렁 울리는 목소리가 들려왔다.

"뉘신지요?"

막야가 문을 열고 나갔다.

사립문 밖에는 한 청년이 서 있었다.

작은 키에 서글서글한 외모를 가진 이 객은 자신을 이렇게 소개했다.

"소인은 하북에서 온 팽항적이라 합니다."

"하북에서 온 팽씨 성을 쓰는 사람이라면 분명 하북팽가의 귀인이실 터인데⋯⋯ 이 궁벽한 곳에는 어인 일로⋯⋯?"

간장이 묻자 팽항적은 순박한 미소와 함께 대답했다.

"제가 조부님께 배워 천문을 조금 읽을 줄 압니다. 우연히 저 아래쪽 산길을 지나고 있었는데…… 한낮임에도 불구하고 신비로운 오색의 안개가 이 대나무숲을 짙게 감싸고 있고, 그 위로는 영험한 햇무리가 떨어지고 있기에 한번 용기를 내어 들어와 보았습니다. 한데, 이곳은 대장간인지요?"

팽항적은 이미 벽이나 마루에 세워져 있는 쟁기나 쇠스랑, 도리깨를 한번 훑어본 뒤였다.

예리한 눈썰미를 가진 그는 벌써 이 농기구들을 통해 간장과 막야가 범상치 않은 대장장이임을 알아보았다.

그리고 간장과 막야 또한 팽항적만큼이나 사람 보는 눈이 밝은 이들이었다.

그들은 눈앞에 있는 이 영준한 젊은이가 장차 큰 걸물이 될 것임을 한눈에 알아보았다.

간장이 말했다.

"호걸끼리는 서로를 단번에 알아보는 법이라 했소."

"제가 두 분 귀인을 한눈에 알아보았듯 말입니다."

팽항적이 대답했다.

막야가 웃으며 일어났다.

"술상을 봐 올까요?"

"술은 필요 없소 부인. 오늘 우리의 자식을 데려갈 천하대영웅을 만난 것 같소이다."

간장이 막야의 손을 잡아끌며 웃었다.

이윽고, 두 부부는 팽항적의 앞으로 방금 만든 난자수참도를 내밀었다.

"조금만 더 제련하면 능히 천하명도(天下名刀)가 될 칼이오. 이름은 방금 난자수참이라 지었지."

"개안을 했습니다. 이렇게 훌륭한 도는 지금껏 본 적이 없군요. 얼마 전에 마주쳤던 호북적혈(湖北赤血)을 뛰어넘는 칼입니다."

팽항적은 진심으로 감탄했다.

이윽고.

…쿵!

그는 간장과 막야 부부 앞에 무릎을 꿇고 이마를 바닥에 대었다.

"저는 지금껏 부끄럼 많은 생애를 보냈습니다."

팽항적의 이마에서는 피가 흘러내린다.

"타고난 재능에 취해, 가문의 뒷배에 취해 수련을 게을리했습니다. 그러다가 몇 년 전, 호북성의 패도회라는 작은 사도 문파의 후계자에게 패하는 일이 있었습니다."

그의 목소리는 담담하였으나 안에 담긴 갈증은 실로 거대한 것이었다.

"그 이후 자신의 부족함을 깨닫고 계속해서 정진하였습니다. 그리고 지금, 저는 그 패도회의 소회주에게 복수를 하고 돌아오는 길입니다. 그는 적혈도라는 천하명도를 들고 예전처럼 용맹히 싸웠으나, 저는 끝끝내 이겨 냈습니다."

팽항적은 고개를 들고 간장과 막야를 올려다보았다.

"하지만. 사람과 사람 간의 승부에서는 이겼으되 무기와 무기 간의 승부에서는 졌습니다. 저의 무공은 상대의 무공을 웃돌았으나, 저의 무기는 상대의 무기와 부딪치자 그대로 깨져 버렸던 것입니다. 이에 저는 제게 어울리는 무기를 찾기 위해 본가로 돌아가지 않고 천하를 주유하던 중이었습니다."

간장은 그 말을 듣고 고개를 끄덕였다.

남편의 눈짓을 받은 막야는 말없이 방금 전까지 품에 안고 있었던 칼날을 팽항적의 앞으로 내밀었다.

"받으세요. 이제부터 당신의 것입니다."

"하해와 같은 이 은혜를 어찌 갚아 드릴지, 그저 막막할 따름입니다."

팽항적이 간장과 막야 앞에 고개를 숙였다.

간장은 껄껄 웃으며 말했다.

"오늘. 명도(名刀)가 명인(名人)을 만났구나. 앞으로 새로 쓰이게 될 무림사가 궁금하도다."

막야 역시도 옅게 웃으며 간장의 말을 받았다.

"난자수참의 날을 한 번 더 갈아야 하고, 칼자루와 칼 장식도 만들어야 하니 앞으로 며칠은 더 걸릴 것입니다. 그동안 귀인께서는 목욕재계를 하시며 마음속 번뇌를 모두 씻어내셔야 합니다. 그래야만 이 칼에 담겨 있는 저희들의 마음을 온전히 받아들이실 수 있을 테니까요."

"어찌 감히 여부가 있겠습니까."

팽항적은 간장과 막야에게 절을 올리며 대답했다.

초막 밖에서는 오색의 안개가 넘실거리고 맑은 햇무리가 모두를 밝게 비춘다.

세 걸물의 만남은 이토록 아름답게 맺어져 영글어 가고 있었다.

"게 누구 있느냐."

초막 바깥에서 들려온 또 다른 목소리 하나가 있기 전까지만 해도 말이다.

그 목소리에는 묵직한 내공이 담겨 있었기에 간장과 막야, 그리고 팽항적은 흠칫 놀랄 수밖에 없었다.

셋이 초막 밖으로 나가 보니 마당 중앙에 한 명의 사내가 서 있는 것이 보였다.

어느덧 어두워진 밤하늘.

그리고 그 중앙에 우뚝 떠 있는 붉은 별.

천상성(天傷星)이 만들어 내고 있는 별무리 아래에 한 명의 젊은 사내가 우뚝 서 있었다.

녹색 피풍의와 지팡이 한 대, 검은 얼굴과 짙은 눈썹, 부리부리한 눈과 매부리코가 인상적인 이 남자는 팽항적을 쏘아보며 말했다.

"이 일대의 무지렁이 농민들이 하나같이 주제에 맞지 않은 농기구를 쓰고 있기에 어디서 샀는지를 물어물어 찾아왔지."

청년의 손과 옷은 이미 피로 흥건하게 얼룩져 있었다.

아마도 대답을 거부했던 농민들의 피이리라.

"보아하니 뛰어난 대장장이 같은데, 왜 이런 궁벽한 곳에서 농기구 따위를 만들고 있는가?"

"무슨 볼일로 찾아왔소?"

간장이 무미건조한 어조로 물었다.

대놓고 문전박대를 하기에는 찾아온 불청객의 기세가 심상치 않았기 때문이다.

청년은 성큼성큼 걸어와 툇마루에 턱 걸터앉았다.

그러고는 간장과 막야에게 말했다.

"지금부터 나를 위한 칼을 만들어라."

"……."

"마음에 들지 않을 때에는 피를 보게 될 터이니 전력을 다해 만드는 것이 좋을 것이야."

"……."

그 말에 간장과 막야는 아무런 대답을 하지 않았다.

다만.

"짐승의 울음소리를 더는 못 들어 주겠구나."

팽항적이 분연히 앞으로 떨치고 나섰다.

그는 허리춤의 장도를 빼 들며 큰 목소리로 호통쳤다.

"예의도 모르는 천둥벌거숭이 놈이 감히 어느 앞이라고 이리도 방만히 구는가? 내 귀인들을 대신해 벌을 내리리라."

그러자 정체 모를 청년의 눈썹이 까닥 움직였다.

"피라미야. 너는 무엇인데 공연히 나서서 화를 자초하느냐?"

"나는 하북에서 온 팽모라 한다. 그러는 너는 누구냐?"

"나는 문문향에서 온 연(宴)가라 한다."

팽(彭)씨와 연(宴)씨가 서로를 마주보며 사나운 기세를 뿜어내었다.

그 모습은 흡사 백호와 흑룡이 서로를 노려보는 형국이었다.

팽항적이 허리춤에 있던 장도를 고쳐 쥐었다.

연씨 역시도 지팡이 속에 숨겨져 있던 장검을 빼 들었다.

"칼을 뽑은 것을 후회하게 해 주마."

"큭큭큭– 먼저 뽑은 것은 네놈이 아니더냐?"

두 젊은 고수가 서로를 향해 발걸음을 옮겨 놓았다.

…번쩍!

팽항적은 하북팽가의 고유 무공인 오호단문도법을 전개했다.

패도회의 소회주 도막생에게 복수를 성공케 해 주었던 바로 그 무공이다.

하지만.

"이딴 것도 칼이라고 휘두르느냐?"

연씨 성을 가진 젊은 고수는 눈 깜짝할 사이에 오호단문도를 파훼해 버렸다.

그것도 모자라 한 자루 칼을 귀신같이 놀리며 오히려 팽항적을 궁지로 몰아세웠다.

'어, 어디서 이런 고수가!?'

팽항적은 기절할 듯이 놀랐다.

설마 자신과 비슷한 연배에 이 정도로 굉장한 고수가 있을 줄은 몰랐다.

지금까지 팽항적이 패배를 경험한 상대는 둘.

안휘의 검룡이라 불리는 남궁천과 호북성의 소패왕이라 불리는 도막생이 전부였다.

남궁천이야 워낙에 뛰어난 자질을 가진 용중용(龍中龍)이고 도막생에게는 방심해서 당한 한 번의 패배가 전부이니, 사실상 지금껏 팽항적을 신경 쓰이게 만든 동년배의 고수는 남궁천 하나뿐이었다고 말할 수 있겠다.

……하지만 지금 눈앞에 있는 이 연씨 성의 청년은 무엇이란 말인가?

그는 사도에서도, 마도에서도 본 적 없었던 신기막측한 검술로 팽항적의 도법을 무력화시키고 있었다.

'군부의 검술인가? 아니, 그렇다고 하기에는 너무 지나치게 자유롭다. 그렇다면 오랑캐의 검술? 아니면 살문의 것일지도…….'

팽항적은 상대방의 검을 피해 물러나며 생각했다.

과연, 상대의 검은 맺고 끊어짐이 확실했으며 호흡 한 번에도 절도가 있었다.

그러면서도 제멋대로 휘고 이어지는 자유로움이 있었고 그 안에 은밀하고 잔혹한 면모도 도사리고 있다.

마치 군부의 검술에 오랑캐의 검술, 거기에 살수의 검술이 섞여 있는 듯한 기기묘묘한 수였다.

궁금증을 참지 못한 팽항적이 물었다.

"연가 놈아. 네 사문이 어디냐?"

"사문은 여러 개다. 세상 전체가 내 스승이었지."

"네게서는 장군과 오랑캐, 살수의 모습이 겹쳐 보이는구나."

"잘 보았다, 팽가야. 좋은 눈썰미에 대한 상으로 편안한 죽음을 선사하마."

연씨 성의 젊은 고수가 악랄한 살초를 펼쳐왔다.

핏- 피잇- 핏- 핏- 핏-

살점이 조금씩 깎여 나갈 때마다 뜨거운 핏물이 튄다.

뱀처럼 휘어지고 구부러지는 검의 궤적 앞에 팽항적은 순식간에 피투성이가 되었다.

결국.

깡! 쩌-억!

팽항적의 장도가 부러지는 것으로 승부는 끝났다.

"끝이다."

벼락처럼 떨어져 내리는 검이 대기를 두 조각으로 쪼개 버린다.

연가가 검을 휘둘러 팽가의 가슴팍을 베었다.

"……! ……! ……!"

팽항적은 가슴에서 피분수를 뿜어내며 쓰러졌고 그 뒤로 다시 일어나지 못했다.

연씨 성의 고수는 쓰러진 팽항적을 내려다보며 피식 웃었다.

"목을 자를 가치조차 없는 피라미로군."

그는 고개를 돌려 간장과 막야를 바라보았다.

정확히는 그들의 뒤에 놓여 있는 난자수참도의 칼날을 바라보고 있는 것이었다.

흉적이 말했다.

"이런 너절한 놈이 원하던 칼은 필요 없다. 내가 진정코 필요로 하는 것은 천하제일명검(天下第一名劍). 너희는 지금부터 그런 것을 만들어야 한다."

초막에 서려 있던 오색의 구름이 어느덧 짙은 먹구름으로 변해 가고 있었다.

하늘의 정중앙에 걸린 붉은 별 하나가 유난히도 사요하게 빛나는 밤이었다.

적향은 회상을 마쳤다.

하지만 그녀의 분노 어린 목소리는 계속해서 이어지고 있었다.

"그 젊은 고수는 약 칠 주야간 초막에 머물렀다고 해."

"원하던 천하명검은 얻었나?"

추이가 묻자 적향은 고개를 가로저었다.

"……결국 만들지 못했다고 하더군."

적향은 해당 지역의 오래된 문헌들을 모두 살폈다.

그리고 관아에 보고된 아주 작고 지엽적인 사건 기록들에서 그날의 참상을 읽어 낼 수 있었다.

"어미니의 아비지가 만든 검은 끝끝내 그 흉적의 마음에 들지 못했던 모양이야."

"그것은 어떻게 알았지?"

"그 시절 고을 관아에 사건이 접수된 기록이 있었어. 산양 땅 한 외진 산골에 사는 한 대장장이 부부가 참변을 당했는데…… 여자는 겁간을 당했고 남자는 그것을 막으려고 하다가 혀를 잘리고 하반신을 못 쓰게 되었다고."

적향의 눈에 핏발이 섰다.

"내 아버님은 내가 태어났을 때부터 벙어리셨고 또 앉은뱅이이기도 하셨지. 그분들은 살수들을 피해 평생을 도망 다니면서 사셨어. 마지막에는 여남군 북쪽 의남현에서 숨을 거두셨고. 정확히는 스스로 목숨을 끊으셨던 거지만."

"그것이 사도련주가 칼을 만들어 오라고 강요했기 때문이었겠군."

"맞아. 사도련주는 나와 오빠를 인질로 삼아 부모님을 협박했다고 해. 어머니도 아버지도, 한평생 누군가에게 협박만 당하면서 살아서 그런가 제정신이 아니셨을 거야. 그러니 용광로에 뛰어드실 만도 하지."

적향의 말을 들은 추이는 천천히 고개를 끄덕였다.

즉. 적향의 목적은 셋이다.

"첫째. 젊은 시절 부모님께 위해를 가했던 연 씨 성의 젊은 고수를 찾아 죽이는 것."

"둘째. 부모를 자살로 내몰았던 사도련주를 찾아 죽이는 것."

적향의 말을 추이가 받아 이었다.

추이 역시도 사도련주를 죽여서 사도련을 와해시키고 그 안에 숨어 있던 홍공을 잡아 죽일 계획이었다.

적향이 씩 웃으며 손을 내밀었다.

"예전에 인백정 가정맹을 잡을 때가 생각나네. 그때처럼 우리의 이해관계가 딱 맞아 떨어져."

"서로 발목 잡는 일 없도록 하지."

"그때랑 똑같이 말하네. 그럼 나도 똑같이 돌려줄게. 내가 할 말이야~"

추이는 적향의 손을 잡으며 의기투합했다.

그 시점에서, 추이는 적향의 앞으로 무언가를 내밀었다.

달그락―

그것은 쇳조각이 가득 담겨 있는 가죽 자루였다.

적향이 의아한 표정으로 자루 안을 들여다보았다.

"뭐야 이게? 칼 조각이네?"

"꽤나 이름을 날리던 고수가 쓰던 것이다. 이것들로 새로운 무기를 하나 만들어 줬으면 한다."

추이가 자루 안에 든 칼 조각들을 탁자 앞으로 털어 냈다.

그것들을 부러지기 전의 외형으로 맞추어 보니 한 자루의 긴 톱날검이 완성되었다.

적향이 신중한 표정으로 칼날을 살폈다.

"부러지기 전까지는 꽤나 명검이었던 듯한데. 누가 쓰던 거야?"

"해남도에서 온 무명의 검객이 쓰던 것이다."

"그는 지금 어떻게 되었는데?"

"칼의 상태를 보면 모르나? 죽었다."

추이는 태연하게 대답했다.

이 칼조각은 정도회맹장에 나타났던 한 무명의 대마두가 죽으면서 남긴 것이었다.

당시 해남도에서 올라왔던 이 정체불명의 검객은 무림맹

주 미경평과 싸우던 끝에 승리를 거머쥐었다.

하지만 그 직후 등장했던 검왕 남궁천에 의해 목숨을 잃었고 그 와중에 이 톱날검도 산산조각이 나 버렸던 것이다.

추이의 대답을 들은 적향은 턱을 한번 쓸었다.

"꽤나 이름을 날리던 자의 무기 같네. 깃들어 있는 사념이 아주 강력해."

"그럴 것이다. 천하의 '매화대랑검(梅花大郞劍)'과 부딪쳐서도 부러지지 않았던 칼이니까."

"그 매화대랑검을 만든 사람이 내 부모님이었지. 그렇다면 이 칼을 만든 대장장이는 분명 그만한 실력자였을 거야. 이거 승부욕이 생기는군."

적향이 눈을 빛내며 말을 이었다.

"그래. 이 칼은 뭘로 재탄생시켜 줄까?"

이미 적혈도라는 명도를 녹여서 송곳과 망치, 마름쇠를 만들었던 그녀이다.

추이가 이번에도 평범하지 않은 요구를 할 것이라는 사실을 그녀는 이미 짐작하고 있었다.

아나나 다를까, 추이는 사뭇 다른 형태의 무기를 요구했다.

"선장(禪杖)이 하나 필요하다."

"선장? 중들이 쓰는 것 말이야?"

"그렇다. 무게가 최소 예순두 근은 되어야 한다."

"화화상(花和尙)의 수마선장(水磨禪杖)이라도 만들어 달라는 거야? 참 별난 요구네."

"얼추 이런 모양이었으면 좋겠군."

추이는 품에서 그림 한 장을 꺼내 들었다.

보는 것만으로도 묵직함이 느껴지는 월아산(月牙鏟).

그것은 한때 하오문주 잔반이 쓰던 바로 그것이었다.

"……이 또한 재미있겠어."

적향은 부러진 톱날 검 조각들을 이어 붙이며 콧노래를 불렀다.

十年磨一劍

―십 년 동안 한 자루 칼을 갈아,

霜刃未曾試

―서릿발 같은 칼날 아직 실험조차 하지 않았소.

今日把贈君

―오늘 칼 쥐어 그대에게 주노니,

誰有不平事

―그 누가 옳지 못한 일을 할쏘냐.

다시 또 무기를 만들려니 즐거운 모양이다.

그녀는 천생 대장장이였다.

사윗감 선발 (1)

사도련에는 투신이라는 강력한 지배자가 존재한다.

그를 가리켜 세상은 '일신(一神)'이라 부른다.

하지만 사도련에는 투신만 있는 것이 아니다.

투신을 제외하면 가장 존귀한 일곱 명의 무인.

그들을 가리켜 세상은 '우내칠존(宇內七尊)', 혹은 칠존(七尊) 이라고 부른다.

검도독궁암창금(劍刀毒弓暗槍金).

이것이 바로 칠존을 구성하는 고수들의 별호이자 서열 순 서이기도 했다.

서열 제일 위의 검존(劍尊).

서열 제이 위의 도존(刀尊).

서열 제삼 위의 독존(毒尊).

서열 제사 위의 궁존(弓尊).

서열 제오 위의 암존(暗尊).

서열 제육 위의 창존(槍尊).

서열 제칠 위의 금존(金尊).

사도련 최강의 일곱 무인들은 이 순서대로 자신들의 서열을 정했다.

물론 이 서열이라는 것은 절대적인 것이 아니며 약 사 년의 주기로 뒤바뀌고는 한다.

구정(九鼎)의 대제례(大祭禮).

사 년에 한 번씩 돌아오는 커다란 제사를 앞두고 칠존들은 칠 주야간의 서열전을 통해 서열을 재정립한다.

그리고 이 서열전에서 일 위가 된 이가 사도련주와 함께 조상들께 제를 올리는 것이다.

사도련주와 함께 이 제사를 주도하는 것은 련 내에서 가장 큰 영광으로 통하며, 그러다 보니 자연스럽게.

…쾅!

이렇게 자신의 서열에 만족하지 못한 이가 탁자를 주먹으로 깨부수는 일도 벌어진다.

"빌어먹을 놈들!"

값비싼 비단옷으로 몸을 치장한 중년인이 크게 분노하고 있었다.

파사삭……

네 자나 되는 산호수를 깎아 내어 만든 탁자가 중년인의 손바닥 한 번에 박살 나 흩어졌다.

금존(金尊) 혁련태량(赫連太樑).

그는 자신의 장원 한복판에서 연신 씩씩거리고 있었다.

사도련에서, 아니 무림 전체를 통틀어 가장 돈이 많은 것으로 알려진 그는 보유하고 있는 스물일곱 개의 전장과 백마흔다섯 개의 표국, 삼백 하고도 서른여섯 개의 기루들에서 나오는 막대한 금력으로 칠존의 말석에 앉았다.

혁련태량은 엄청난 부를 이용해 각종 무공비급과 영약을 거침없이 사들였고 고매한 무공 고수들을 초빙하여 자신의 무공을 빠르게 늘려 나갔다.

그래서 그는 사도련에서 투신을 제외한 일곱 고수들의 반열에 들 수 있었던 것이다.

……하지만.

"인정할 수 없다! 나는 지금껏 항상 최고였어! 내가 이끄는 상단 연합은 당당하게 사도십오주의 한 축을 차지하고 있단 말이다! 그런데 내가 어째서 칠존의 말석 자리에 있어야 하냔 말이야!"

금존은 자신의 서열이 일곱 번째에 불과하다는 사실을 도무지 받아들일 수 없는 듯했다.

……하지만 현실이라는 것은 언제나 냉혹한 법.

그의 부가 지상을 뒤덮고 하늘을 찌를 정도라고 해도 무공의 수위만큼은 어찌할 수 없는 법이다.

그것은 각종 비급과 영약, 고수들의 초빙으로도 한계가 있는 것이었다.

비록 금존이 한 번 산책을 할 때 칠십 리에 걸친 비단 장막으로 주변 산책로를 감쌀 수 있다고 해도.

집안에서 밥을 할 때 땔감으로 밀랍을 쓰고 그릇을 닦을 때 맥아당을 쓴다고 해도.

집안의 모든 불상을 상아와 옥으로 만든다고 해도.

기둥과 서까래를 수만 근 어치의 황금으로 만든다고 해도.

매끼마다 미녀의 젖을 먹여 키운 돼지와 금가루를 쪼아 먹게 해서 키운 닭을 먹는다고 해도.

전국의 아름다운 기녀들에게 화완포(火浣布)로 된 옷을 입히고 바닥에 적석지(赤石脂)와 후추를 뿌려 그것들을 기어 다니며 줍게 한다고 해도.

……그럼에도 불구하고 금존 혁련태량은 늘 우내칠존의 서열 말석이었다.

"으아아아아아!"

금존은 철여의(鐵如意) 하나를 들어서 주변에 있는 보물들을 죄다 때려 부수기 시작했다.

와장창창창창!

수석이고, 분재고, 금불상이고, 옥불상이고 간에 모두 산산조각이 난다.

그러자 옆에 있던 염소수염의 사내가 금존을 만류했다.

"아이고 어르신! 고정하십시오!"

그는 금존의 모사이자 상단의 총관인 석개(石愷)였다.

석개가 몸을 던져 가며 말리자 비로소 금존의 발광이 잦아
들었다.

"후우……."

금존은 긴 한숨과 함께 의자에 걸터앉았다.

석개가 금존의 앞으로 제호탕이 담긴 잔 하나를 내밀었다.

"어르신. 오늘따라 기분이 많이 언짢으신 것 같습니다."

"당연하지. 곧 구정의 대제례가 있잖나."

"그렇지요, 그렇지요. 곧 사도련주님이 주관하시는 큰 제
사가 있지요."

"그 제사에 쓰일 구정을 누가 만들었는지 잊었나?"

"그걸 잊을 멍청이가 이 세상 천지에 어디 있겠습니까요.
다 어르신의 공덕이지요."

"그렇다. 나는 구정을 다시 만들기 위해 진의 소양왕이 주
나라를 멸망시키는 과정에서 사수(泗水)에 빠트린 구정의 일
부를 찾아냈지. 진시황조차도 끝끝내 찾아내지 못했던 것을
나는 찾아냈어. 그리고 막대한 황금을 들여 그것을 본래의
모습보다도 더욱 화려하게 복원했다."

"암요. 암요. 모두가 다 아는 사실이지요."

"그런데! 나는 칠존의 말석이라는 이유로 이번 제사에 참가하지도 못해! 내가 내 돈을 들여 복원한 구정을 볼 수도 없다는 말이다! 오직 칠존의 서열 일 위만이 사도련주와 함께 제사를 주관할 수 있지 않나!"

구정의 대제례는 구정이라는 거대한 솥에 엄청난 양의 고깃국을 끓여 조상들에게 제를 올리고, 그 고깃국을 강물에 부어 공양하는 행사를 뜻한다.

사 년에 한 번 이 제사가 벌어질 때면 굶주린 백성들이 강의 하류로 모여들어 고깃국물이 된 강물을 퍼마시는 것으로도 유명했다.

어떻게 보면 빈민들을 구제하는 의미의 자선행사이기도 한 것이다.

"나는 반드시 그 자리에 설 것이다. 만인이 우러러보는 바로 그 자리에…… 그곳이 바로 내가 있어야 할 자리야."

금존은 다른 칠존들을 생각하며 이를 부득부득 갈았다.

석개가 조심스럽게 말했다.

"그렇다면 어르신께서는 이번 서열전에서 반드시 좋은 성적을 거두셔야만 하겠군요."

"당연하다. 단순히 좋은 성적 정도로는 부족해. 무조건 일등을 해야 한다."

금존이 고개를 끄덕였다.

곧 칠존들의 서열전이 시작된다.

이 칠 주야 동안에는 칠존들끼리의 무제한 비무가 허용되며 죽거나 다치는 일도 눈감아 준다.

여기서 서열 일 위가 된 자는 구정의 대제례를 사도련주와 함께 주관하게 되며, 이후에 열릴 황실비무연 역시도 주관하게 된다.

"구정의 대제례는 그렇다고 쳐도 이후의 황실비무연을 주관할 수 있다는 것은 엄청난 이권이다. 한때 관은(官銀)을 빼돌려서 사업 밑천을 마련했던 나는 알고 있지. 관이나 황실과 접점을 만들어 놓는다면 후에 어마어마한 이권이 따라온다는 사실을 말이야."

금존은 옛날을 회상했다.

합법적인 일, 불법적인 일을 가리지 않고 부를 축적해 온 그는 각종 비급과 영약의 힘으로 이 자리까지 올라왔다,

하지만 그는 결코 넘을 수 없는 여섯 개의 벽을 만나고 말았다.

사도련주야 인외의 경지에 닿아 있는 존재이니 제외한다고 쳐도, 나머지 칠존들 역시도 도저히 돈으로는 넘어설 수 없는 경지에 닿아 있는 무인들이었다.

창존.

한 자루 창으로 군벌들의 정점에 군림하고 있던 자.

한때 수십만 명을 휘하에 거느렸던 대장군 출신의 사나이.

암존.

사도십오주의 하나인 나락곡을 물려받은 계승자.

현시대 최고의 살수.

궁존.

한때 하란산 너머의 오랑캐들이 신으로 추존하던 남자.

일만 보 밖에서 바늘을 쏘아 맞히는 활의 달인.

독존.

이 세상의 모든 독에 통달해 있는 괴물.

사천당가의 모든 비전을 빼돌려 독립했다고 알려져 있는 음흉한 사내.

도존.

사도십오주의 하나인 도화살회(刀花煞會)를 이끌고 있는 회주.

일신의 무력이 능히 도왕 팽항적과 견줄 만하다고 알려져 있는 지고의 고수.

……그리고 검존.

고금제일인으로 통하는 투신이 없었다면 능히 사도제일인으로 손꼽혔을 인물.

"이것들을 다 상대할 생각을 하니 머리가 아파 오는군."

쟁쟁한 경쟁자들의 면면을 떠올리며, 금존은 손으로 이마를 감싸 쥐었다.

정파와 달리 사파에서는 일신의 무위를 유독 더 중시한다.

서열에 불만이 있으면 개인 대 개인으로 맞짱을 떠서 서열을 재수정하는 것은 말단부터 시작해서 수뇌부까지 다를 것 없는 문화 풍조였다.

'……하지만 나는 다른 칠존 놈들에 비해 무공의 수위가 최소한 반 수에서 한 수 이상 처진다.'

금존은 자기를 객관적으로 고찰하고 있었다.

그는 막대한 부를 이용해 비급을 사고 영약을 모아 고수가 되었을 뿐, 자신의 힘으로 정점에 오른 다른 칠존들과는 궤가 다르다.

비록 영약으로 쌓아 올린 내공은 심후하지만 실전 경험이 일천하기에, 실제로 다른 칠존들과의 비무에 들어가면 단 한 번의 승리도 거머쥘 수 없을 것이 불을 보듯 뻔한 일이었다.

……하지만.

금존에게는 믿는 구석이 하나 있었다.

"칠존들 간의 서열전에는 대리인을 기용할 수 있다는 조항이 있지."

"대리인 말씀이십니까? 아하!"

금존의 말에 석개가 무릎을 탁 쳤다.

과연, 칠존의 대부분은 사도십오주나 사도십오주에 필적하는 세력들의 우두머리인 경우가 많다.

그렇기에 그들은 서열전에 앞서 자신을 대리하는 인물을 앞에 내세울 수도 있었다.

부하의 공은 곧 상관의 공과 마찬가지이기 때문이다.

"하면, 믿을 만한 대리인이 있으신지요?"

석개가 조심스러운 태도로 물었다.

하지만 금존은 고개를 가로저었다.

"아직은 없다만, 지금부터 가려 뽑을 생각이다."

"어떤 방식으로 선발하는 것이 좋을지요? 예전에 어르신
께서 밑에 두고 부리시던 곤귀나 창마 같은 경우에는 무공이
고강하기는 했으되 칠존에 비하기는 다소 어려움이 있던 터
라…….."

"이미 뒈져 버린 수금귀들을 구태여 다시 언급할 필요는
없다. 그리고 이제 슬슬 그놈들의 공백을 메꿀 때도 되었
지."

금존은 석개에게 명령했다.

"비무대회를 열 것이다. 정도, 사도, 마도를 가리지 않고
고수들을 불러 모을 것이야."

"그리고 우승자를 서열전에 대신 내보내실 계획이시군요.
과연 묘안이십니다. 한데, 비무대회의 상품을 무엇으로 걸어
야 할지요? 전국의 난다긴다하는 고수들을 모두 불러 모으
려면 그만한 상품이 있어야 할 터인데."

"그 또한 생각해 둔 바가 있다."

금존이 자신 있게 대답했다.

"막대한 상금은 당연한 것이고, 여기에 다른 특별한 것 하
나를 얹을 생각이다."

"다른 특별한 것이라 하심은⋯⋯?"

"내 딸이다."

"!"

석개의 두 눈이 찢어질 듯 커졌다.

금존 혁련태량의 무남독녀 외동딸 혁련화(赫連畫).

별호는 사도제일미(私道第一美).

백 명이 넘는 처첩들 중에서도 자손을 전혀 보지 못했던 혁련태량이 유일하게 얻은 귀한 자식이 바로 그녀이다.

"나이도, 고향도, 사문도, 출신도, 뭐든 상관없다. 무공이 센 놈이면 장땡이야. 자신이 강하다 싶은 놈이면 누구든지 출전하라고 해라."

금존의 혈안(血眼)이 번들거리기 시작했다.

"이번 비무대회에서 이기는 놈이 나 대신 칠존들과의 서열전에 나간다. 우승하게 되면 그 대가로 황금 천 관과 천하제일미를 얻게 될 것이야."

"더불어 천고 만고의 거부이신 어르신의 유일한 사위가 되는 길이죠. 무엇보다 그게 가장 큰 보상 아니겠습니까."

석개가 고개를 숙이며 아부했다.

그러는 동안에도 그의 머리는 빠르게 돌아가고 있었다.

금존의 처첩은 약 일백 명.

하지만 젊은 시절 당한 불의의 사고로 인해 금존은 성 기능을 거의 상실하다시피 했다.

의외인 것은, 단지 하룻밤 즐겼을 뿐인 호희(胡姬) 하나가 그의 씨를 잉태하는 것에 성공했다는 것이다.

　이후 그 호희는 병으로 일찍 죽었으나 딸만은 살아남아 무럭무럭 자라났다.

　하지만 금존은 유일한 자식이 아들이 아니라 딸임에 크게 상심했다.

　이후 금존은 이 딸을 천고의 영웅에게 붙여 주어 훌륭한 사위를 얻고자 하였는데, 이번 비무대회에서 이 비장의 패를 꺼내 든 것이다.

　'어르신께서 딸을 우승 상품으로 걸었다는 것은…… 정말로 진심이라는 뜻이다.'

　석개는 이번 비무대회와 서열전에 대한 금존의 뿌리 깊은 욕망을 직감했다.

　그리고 어떻게 하면 그 욕망이 자신의 이익으로 이어질지를 열심히 고민하기 시작했다.

　'……일단 확실한 고수부터 가려 뽑아야겠지?'

　지상 최대의 상금과 엄청난 미녀가 걸려 있는 욕망의 투전판이 열리려 하고 있었다.

　　　　　　　　　　※

　이윽고 비무대회를 알리는 공고문이 나붙었다.

수없이 많은 낭인 고수들이 몰려들어 금존의 장원 앞에 문전성시를 이루었다.

심지어 사파 출신이 아니라 정파 출신의 고수들도 상당수 섞여 있을 정도였다.

"이봐. 이번 비무대회의 상금을 들었나?"

"이야— 금존이 이번 서열전에 목숨을 걸었구만."

"목숨을 걸긴 뭘 걸어. 금존의 재산을 모르나? 그 정도는 조족지혈일 걸세."

"하지만 상금이 문제가 아니지. 사도제일미라는 혁련화 소저와 혼인할 수 있다지 않나."

"맞네. 나는 황금이 탐나서 온 것이 아니라 순수한 연모의 감정 때문에 이곳에 온 것일세."

군중들 중에는 사파의 고수, 정파의 고수, 이름을 날리는 협객, 한 지역의 패자를 자처하던 호걸, 수배 중인 범죄자, 승려, 거지, 낭인, 퇴역군인 등등 다양한 이들이 속해 있었다.

그들의 주된 관심사는 비무대회의 우승 상금인 황금 일천 관이었다.

개인의 팔자를 넘어서 삼 대, 아니 삼십 대의 팔자를 바꿔 놓을 수 있는 거금.

그러니 비무대회에 참가하려고 모여든 호걸들의 피가 끓어오르는 것도 당연한 일이었다.

이윽고.

"참가 희망자들은 안으로 들어오시오! 심사가 있을 예정이
오!"

총관 석개가 구름같이 모여든 참가자들을 장원 안으로 불
러들였다.

커다란 문이 열리고 인파들이 안으로 들어선다.

"우와……."

"세상에. 이런 별천지가."

"여기가 정녕 사람이 사는 곳이란 말인가."

금존의 장원에 들어온 모든 이들은 두 눈을 크게 뜨고 입
을 딱 벌렸다.

곳곳에 서 있는 값비싼 나무와 수석들.

인공적으로 조성된 호수와 폭포, 그리고 곳곳에 서 있는
산호수와 보석, 황금과 옥으로 장식된 조각상들이 보는 이들
의 기를 죽여 놓는다.

만발한 꽃밭 위로 꽃보다 아름다운 시녀들이 화완포로 된
옷을 입고 마중을 나왔고 곳곳에서는 아름다운 음악이 연주
되고 있었다.

군중들 중 한 명이 얼떨떨한 표정으로 손가락을 들어 올렸
다.

"저, 저곳이 금존 님께서 기거하시는 곳인가?"

그러자 수많은 시선들이 전부 그자의 손가락을 따라간다.

그곳에는 아름다운 비단 휘장으로 가려져 있는 커다란 건물이 보였다.

장안이나 항주에서 가장 크고 사치스러운 기루를 가져다 대어도 감히 비교할 수 없을, 그런 화려한 건물이었다.

최고급 양털 가죽들이 대리석 바닥과 계단에 쭉 깔려 있었고, 자색의 비단 막이 천장부터 바닥까지 줄지어 늘어진 채 매혹적인 향기를 풍긴다.

황금 쟁반과 향유를 든 미녀들이 입구에서부터 삼열 종대로 대기하고 있었고 그 뒤에서는 악공들이 거문고를 켜고 있는 것이 보였다.

마치 신선들이 노니는 도원경을 그대로 지상에 옮겨 놓은 듯한 풍경의 장원이었다.

하지만.

총관 석개는 옅은 미소와 함께 고개를 저었다.

"저곳은 비무대회의 참가자 분들이 쓰실 변소 건물입니다."

"……!"

군중들의 입이 다시 한번 떡 벌어진다.

"여, 역시 금존이시다."

"황제의 별장도 이만큼 화려하지는 못할 것이오."

"과연. 금존 한 명의 부는 가히 일국에 버금갈 정도라고 들었는데, 그 말이 모두 사실이었군."

그때. 군중들 가운데 한 명의 사내가 외쳤다.

"오늘 황금향에 와 보니 개안을 할 수 있었소이다. 이거 아주 자극이 되는군. 본 공자는 미녀라면 이미 질리도록 수없이 안아 보았으니 이참에 깔끔하게 상금만 챙겨야겠소."

사람들의 이목이 일제히 이 사내를 향해 쏠린다.

달걀 껍데기처럼 흰 피부, 숯으로 그려 놓은 듯 진한 눈썹, 붉은 화장을 한 눈꼬리, 기름을 발라 번들거리는 머릿결.

누군가가 그의 별호를 알아보고 소리쳤다.

"옥면검룡(玉面劍龍) 도화삭! 하남 사파에서 제일가는 신진고수가 아닌가!"

그 말에 좌중들 사이에 탄식이 흐른다.

그 누구에게도 머리 숙이지 않고, 그 어디에도 소속되지 않는 고고한 늑대.

신비문파에서 일인전승으로 이어져 내려오는 무공을 익혔다는 옥면검룡 도화삭은 현 사파무림을 뜨겁게 달구고 있는 주인공이었다.

도화삭은 부채로 입가를 가린 채 군중들의 시선을 즐겼다.

"여인들의 선망과 연정, 질시도 이제는 지겨우니 깔끔하게 돈만 챙겨 떠나는 것이 이로울…… 헉!?"

하지만 도화삭의 거들먹은 그리 오래가지 못했다.

"혁련 소저 납시오!"

하인들의 우렁찬 외침과 함께, 저 누각 위의 휘장 너머에서 혁련화가 모습을 드러낸 것이다.

침어낙안(沈魚落雁). 페월수화(閉月羞花). 화용월태(花容月態).
경국지색(傾國之色).

그 미모를 본 물고기가 넋을 잃고 물속으로 가라앉고 기러
기는 나는 것을 잊고 떨어져 내리리라.

얼굴에서 나오는 저 빛은 달빛을 숨게 만들 만하고 꽃조차
도 부끄러움에 고개를 숙이게 만들 것이다.

가히 국가와 국가 간에 전쟁을 일으켜서라도 차지하고 싶
게 만드는, 그런 초월적인 아름다움을 가진 미녀였다.

…툭!

옥면검룡 도화삭이 입을 가리고 있던 꽃부채를 떨어트렸
다.

지금껏 수많은 미녀를 만나 보았다고 자부하던 화화공자
들도 모두 혁련화의 충격적인 미모에 홀려 정신을 차리지 못
하고 있었다.

그 시점에서, 혁련화가 두 손을 가지런히 모은 채 고개를
숙여 보였다.

"어떤 분이 제 낭군님이 되실지는 몰라도, 앞으로 잘 부탁
드립니다."

그것이 끝이었다.

혁련화는 다소곳한 태도로 다시 한번 고개를 숙여 보였고
그대로 휘장 안으로 모습을 감추었다.

그녀가 사라지자 곳곳에서 쓰러지는 사내들이 속출했고 한숨 소리가 짙게 깔렸다.

별안간, 군중들 가운데에 있던 거한이 도끼를 치켜들었다.

"우오오오오! 나는 황금 따위는 필요 없다! 목숨을 걸고서라도 혁련 소저를 배필로 맞이하리라!"

이곳에 보인 군웅들 중 이 거한의 별호를 모르는 이는 단한 사람도 없었다.

녹림투부(綠林鬪斧) 장거익.

여덟 살 때 뒷산의 호랑이를 목 졸라 죽였다는 장사 중의 장사.

이후 녹림채의 눈에 들어 최연소의 나이로 부채주급의 산적이 되었고, 지금은 가장 유력한 차기 채주 후보로 손꼽히고 있는 형국이었다.

녹림투부 장거익은 쩌렁쩌렁 울리는 목소리로 시구를 읊었다.

舞斧過人絕
-도끼춤은 남보다 뛰어나고.

鳴弓射獸能
-활을 쏘면 짐승 맞히기도 능하도다.

斧鋒行愜順
-날카로운 도끼 끝은 마음먹은 대로 나가고.

猛噬失蹻騰

–사납게 물어뜯는 짐승도 기세를 잃었다.

赤羽千夫膳

–붉은 깃발 아래서 천 명이 먹었고,

橫行沙漠外

–사막의 밖을 횡행하였으니.

神速至今稱

–귀신처럼 빠르다고 지금까지 일컬어진다.

자신의 용맹스러움이 부디 휘장 뒤의 혁련화에게 닿기를 바라면서 말이다.

그때.

"미련힌 곰 새끼가 어디서 주워들은 게 있어 풍월을 흉내 내누나."

옥면검룡 도화삭이 대놓고 비웃음을 흘렸다.

녹림투부 장거익이 도끼눈을 뜬 채 고개를 돌렸다.

"거기, 계집년처럼 분 바른 고자 놈아. 나에게 한 말이 냐?"

"고자? 네놈이야말로 지금 나에게 지껄인 소리냐?"

"여기 좆 안 달려 있는 놈이 너뿐이 더 있느냐. 내 양물로 뒷구녕을 뚫어 버리기 전에 냉큼 꺼지거라."

"제 목 떨어질 곳 모르고 숭악스럽게도 짖어 대는구나."

옥면검룡이 곧바로 허리춤의 칼을 빼 들었다.

녹림투부 역시도 곧장 등에 짊어진 도끼를 말아 쥐었다.

"비무대회까지 갈 것도 없다. 여기서 바로 승부를 보자."

"좋다. 어차피 네놈과 나 말고는 따로 눈에 띄는 인물도 없는 것 같은데 말이다."

사파 진영 내에서 한창 이름을 떨치고 있는 걸출한 두 젊은이가 서로를 마주 보기 시작했다.

이곳에 모인 호걸들 중 대부분은 그 둘보다 무공이 일천하기에 다들 복잡한 심경으로 주목하고 있었다.

이윽고, 곧바로 칼부림이 일어났다.

옥면검룡과 녹림투부는 눈 깜짝할 사이에 수십 합을 겨루었다.

이와 같은 현상은 드문 일이 아니었다.

비무대회가 아직 시작도 하지 않았음에도 불구하고 곳곳에서 지레 난투전이 벌어지고 있었으니까.

다만 옥면검룡과 녹림투부 같은 거물들의 싸움인지라 상대적으로 주목을 많이 받고 있는 것뿐.

…까앙!

검과 도끼가 거세게 맞부딪쳤다.

검루와 부루가 사납게 뒤얽히며 곳곳으로 그 여파를 쏘아 보낸다.

두 고수의 승부가 삼백여 합을 지나갈 무렵, 승부가 어느 정도 나기 시작했다.

파캉!

옥면검룡의 검이 부러진 것이다.

"……큭!"

한 번도 패배를 경험해 본 적 없던 젊은 영웅이 돌바닥에 무릎을 꿇었다.

그 앞으로 녹림투부가 비릿한 웃음을 지은 채 걸어왔다.

"소문만 무성하던 옥면검룡의 무예도 기실 별 볼일 없는 것이었군."

"이놈! 우리 일인전승 신비문의 무공을 얕보지 말아라!"

옥면검룡은 품속에 넣어 두었던 섭선을 꺼내 펼쳤다.

하지만 녹림투부는 말과는 달리 행동을 조심스럽게 취하고 있었고 이어지는 대응에도 일말의 방심조차 없었다.

쩌-억!

녹림투부의 도끼는 옥면검룡의 섭선을 잘라 버렸고 그것도 모자라 손바닥을 세로로 쪼개어 손가락이 각각 두 개와 세 개로 나뉘게 만들었다.

"끄아아아악!"

옥면검룡은 불구가 된 오른손을 움켜쥐고는 바닥을 나뒹굴었다.

녹림투부는 피 묻은 도끼날을 핥으며 미소 지었다.

"이것으로 결정되었군. 누가 사도 최고의 후기지수인지

말이……."

바로 그 순간. 녹림투부의 두 눈이 확 커졌다.

"커흑!?"

그의 낯빛이 검게 죽어 가기 시작했다.

그뿐만이 아니었다.

도자기처럼 하얗던 옥면검룡의 낯빛 역시도 어느 새인가 검게 물들어 있었다.

"꺼으으윽……."

옥면검룡이 마지막 순간 섭선에 실려 있던 내공을 흐트러 트린 이유는 녹림투부의 기세에 눌려서가 아니었다.

"도, 독……?"

녹림투부와 옥면검룡은 동시에 입에서 피를 토해 낸다.

이윽고, 둘은 한 곳을 향해 고개를 돌렸다.

그곳에는 녹의를 입은 한 노인이 수염을 쓰다듬고 있는 것이 보였다.

"젊은이들 노는 데 미안하게 되었네만, 너무 시끄러워서 명상을 할 수가 있어야지. 대회가 곧인데 말일세."

노인이 등 뒤에 짊어지고 있는 커다란 호로병을 본 두 젊은 고수가 입을 딱 벌렸다.

"……도, 독수공앙(毒手公殃) 갈오과."

"저 노괴가 어떻게 이곳…… 에……."

그것이 두 고수의 마지막 유언이었다.

…쿵! 풀썩!

눈 깜짝할 사이에 두 명의 전도유망한 젊은 고수들을 독살해 버린 독수공앙이 낄낄 웃으며 단상으로 올라왔다.

"사해 동도 형제들여. 이 늙은이가 노파심에 조언 하나 하겠네. 자고로 재물과 여색을 탐하는 이들의 종착지는 황천뿐이라네. 무슨 말인지들 알겠지?"

방금 자신의 손에 죽은 옥면검룡과 녹림투부보다도 못한 놈들은 알아서 기권하라는 뜻이다.

그 말에 군중들 사이에서 웅성거림이 번져 나갔다.

아무리 미녀와 황금이 탐나더라도 목숨보다 중요한 것은 없기 때문이다.

바로 그때.

"사요한 술수로 두 영준한 호걸을 해쳐 놓고서는 자만함이 과하구나."

독수공앙의 앞으로 당당히 걸어 나오는 승려 한 명이 있었다.

평범한 체구에 인자한 표정.

어디를 봐도 사람 좋은 탁발승으로 보인다.

하지만 그를 본 독수공앙의 표정은 순간 파랗게 질려 들어갔다.

"철불(鐵佛) 나패…… 맞소?"

"그렇다."

철불이라는 별호를 입에 담은 독수공앙은 잠시 머뭇거렸다.

그러더니 이내 기어 들어가는 목소리로 말했다.

"그, 그대가 이 비무대회에 참가한 줄은 미처 몰랐소이다. 나는 대회에 참가하지 않고 이만 물러나겠소. 그러니 목숨만은 살려 주시오."

"안 된다."

철불은 고개를 가로저었다.

그러자 독수공앙의 표정이 순간 흉신악살의 그것처럼 일그러졌다.

"그럴 줄 알았다, 이 미친 살인귀 땡중아! 짐짓 정의로운 척하고는 있지만, 남을 죽일 구실이 없으면 만들어서라도 죽이는 네 악취미를 내가 모를 줄 아느냐!"

곧바로 검록색의 독장이 날아간다.

독수공앙은 눈 깜짝할 사이에 거리를 좁혀 가며 절정의 독공을 선보였다.

그러나.

쩌-억!

이어지는 철불의 죽장 내려치기 한 방에 독수공앙은 골통이 박살 나 즉사하고 말았다.

"악즉멸(惡卽蔑)이라. 아미타불."

철불 나패의 등장에 장내의 분위기가 다시 한번 가라앉았다.

모든 호사가들이 입을 모아 말했다.

"현시점에서는 철불이 최고 고수로군."

"철불이라면 금존 님도 인정할 것일세."

"철불 나패라. 참 특이한 인물이 아닐 수 없으이."

"맞아. 무공이 무척이나 고강하면서도 사도련에 몸담고 있지 않으니 말이야."

"철불 나패 정도의 무공이라면 칠존의 한 자리를 꿰차는 것도 이상한 일은 아닐세."

"허허, 거참. 그럼 이번 비무대회 우승자는 사실상 벌써 정해진 것이나 다름없겠구만."

대체적으로 분위기는 그렇게 형성되는 듯했다.

······하지만.

막상 비무대회가 시작되자 군웅들의 예상과는 전혀 다른 결과가 나왔다.

댕-경!

모든 이들이 이번 비무대회의 우승자로 확신하고 있던 철불 나패가 불과 일차전에서 목이 잘려 죽은 것이다.

"······."

"······."

"······."

이 충격적인 결과 앞에 구경꾼들은 아무런 말도 하지 못했다.

그리고 이내, 철불을 죽인 또 다른 승려가 민머리에 튄 피를 닦으며 비무장에서 내려왔다.

작은 체구.

여자처럼 아름다운 얼굴.

대충 걸친 허름한 분소의(糞掃衣).

그리고 손에 들고 있는 흉악하게 생긴 월아선장(月牙禪杖).

이 젊은 승려의 법명은 '추목(酋目)'.

작명 감각이 별로 없는 추이(酋耳)가 직접 지은 가명이었다.

다음 권으로 이어집니다

꿈의 도약, 로크에서 하십시오
(주)로크미디어에서 신인 작가를 모십니다

즐거운 세상, 로크미디어는 꿈을 사랑하고 도전을 두려워하지 않는 작가 분들의 참신한 작품을 기다리고 있습니다. 21세기 장르 문학계를 이끌어 갈 차세대 선두 주자 (주)로크미디어에서 여러분의 나래를 활짝 펴 보시길 바랍니다.

모집 분야 판타지와 무협을 포함한 장르 문학
모집 대상 아마추어 작가, 인터넷 작가
모집 기한 수시 모집

작품 접수 시 유의 사항

1. 파일명은 작가명_작품명.hwp형식을 갖춰 주십시오.
1. 파일에 들어갈 내용은 다음과 같습니다.
   - 성명(필명인 경우 실명을 밝혀 주세요), 연락처, 이메일 주소
   - 제목, 기획 의도
   - A4용지 1장 분량의 등장인물 소개
   - A4용지 2장 분량의 전체 줄거리
   - 본문
1. 작품이 인터넷에 연재되고 있다면, 게시판명과 사이트의 구체적이고 정확한 주소를 기재해 주십시오.

선택된 작품은 정식 계약 후 출판물로 간행되어 전국 서점에 유통됩니다.
작가 분은 (주)로크미디어의 전폭적인 지원하에 전속 작가로 활동하시게 됩니다.
※ 자세한 내용은 로크미디어 홈페이지(rokmedia.com)를 참조하세요.

(04167)서울시 마포구 마포대로 45 일진빌딩 6층
(주)로크미디어 편집부 신간 기획 담당자 앞
전화 : 02) 3273-5135
www.rokmedia.com   이메일 : rokmedia@empas.com